COLLECTION FOLIO

Jan Morris

L'énigme

D'un sexe à l'autre

Traduit de l'anglais
par Georges Magnane

Gallimard

Titre original :

CONUNDRUM

INTRODUCTION

Ce livre a paru pour la première fois en 1974, et j'ai laissé le texte tel qu'il fut publié dans l'édition originale. Il décrit un nœud gordien de ma vie; certains passages ont été douloureux à écrire, et j'ai jugé préférable de ne pas l'alourdir a posteriori de considérations ou de réflexions.

S'il y a des omissions dans ce récit, c'est en général pour ne pas risquer de blesser d'autres personnes et, à l'occasion, pour m'épargner des angoisses. S'il m'arrive d'être évasif, c'est par souci d'esthétisme plutôt que par goût du secret. Si l'histoire, dans son ensemble, s'estompe dans une atmosphère de mystère, c'est parce que je la vois ainsi. Je l'ai offerte en 1974 avec appréhension, comme une confidence. Je l'offre encore en signe d'amour pour ma famille, en manière d'explication à de nouveaux amis, et en gage de sympathie pour tous les camarades, partout dans le monde, qui mènent le même combat solitaire et douloureux pour une cause qu'ils n'ont pas choisie.

Trefan Morys, 1986

REMERCIEMENTS

J'adresse mes remerciements à tous ceux qui, ayant lu les premiers brouillons de ce livre, m'ont guidée et soutenue dans cette exploration de moi-même, mais surtout, naturellement, à Élisabeth et à Mark qui connaissaient le terrain aussi bien que moi et m'ont souvent jalonné la route.

Les citations du docteur Robert Stoller sont extraites de son livre *Sex and Gender*, Hogarth Press, Londres, 1968. Le passage de C. S. Lewis est emprunté à *Perelandra*, The Bodley Head, Londres, 1943. Les vers de Cecil Day Lewis sont tirés de *Overtures to Death*, Jonathan Cape, Londres, 1938.

1

Sous le piano - au-dessus de la mer - transsexualité - mon dilemme

J'avais trois, peut-être quatre ans lorsque je me rendis compte que j'étais né avec un corps qui ne me convenait pas et que j'aurais dû, en réalité, être une fille. Je me souviens bien de ce moment, c'est peut-être le plus lointain souvenir de ma vie.

J'étais assis sous le piano de ma mère, elle jouait et la musique tombait autour de moi en cataractes, m'enfermant comme dans une caverne. Les pieds ronds et trapus du piano étaient comme trois stalagmites noires et la caisse de résonance formait une haute voûte sombre au-dessus de ma tête. Ma mère jouait probablement du Sibélius car elle se complaisait alors dans une période finnoise et Sibélius, entendu de *sous* un piano, peut être un compositeur très bruyant; mais j'aimais beaucoup me tenir à cet endroit où, parfois, je faisais des dessins sur les piles de partitions entassées autour de moi et, parfois, m'agrippais à mon malheureux chat pour qu'il me tînt compagnie.

Ce qui fit surgir en moi une idée aussi bizarre, je l'ai depuis longtemps oublié, mais ma conviction fut dès le début inébranlable. En apparence, c'était une pure absurdité. Aux yeux de la plupart des gens, j'étais un enfant très franc qui profitait d'une enfance heureuse. J'étais aimé et affectueux, j'ai été élevé avec bienveillance et raisonnablement, suffisamment gâté, nourri dès le sevrage de Huckleberry Finn et d'*Alice in Wonderland*, on m'a appris à choyer mes animaux, à dire les grâces, à avoir une bonne opinion de moi et à me laver les mains avant de goûter. J'étais toujours sûr d'avoir un auditoire. Ma sécurité était absolue. Quand je considère mon enfance, comme on se retourne pour contempler une avenue bordée d'arbres rebroussés par le vent, je ne vois qu'un joyeux rayon de soleil – car, bien entendu, il faisait beaucoup plus beau en ce temps-là, les étés étaient de vrais étés et il me semble qu'en vérité il ne pleuvait pour ainsi dire jamais.

Pour en venir plus directement à mon sujet, selon tous les critères de la logique, j'étais évidemment un garçon. J'étais James Humphry Morris, de sexe masculin. J'avais un corps de garçon, je portais des vêtements de garçon. Il est vrai que ma mère avait souhaité que je fusse une fille, mais je n'ai jamais été traité en fille. Il est vrai que d'exubérantes dames en visite me pressaient parfois contre leurs fourrures de renard, dans le parfum de leurs sachets de lavande, en murmurant qu'avec des cheveux bouclés comme les miens j'aurais dû naître fille. Étant le plus jeune de trois frères, dans une famille très tôt sans père, sans doute me passait-on mes caprices. Cependant, je n'étais généralement pas considéré comme efféminé. Au jardin d'enfants, on ne se moquait pas de moi. Dans la rue, on ne me regardait pas d'un air ébahi. Si j'avais révélé à ma famille la découverte que j'avais faite sous le piano, elle n'aurait peut-être pas été choquée (l'*Orlando* androgyne de Virginia Woolf était déjà dans la maison), mais elle aurait certainement été stupéfaite.

Je ne rêvais d'ailleurs pas de faire part de cette découverte. Je la gardais comme un précieux secret, un secret que, pendant vingt ans, je ne partageai avec personne. Au début, je ne considérais pas ce secret comme particulièrement significatif. Ma connaissance de la sexualité était aussi vague que celle de n'importe quel enfant et je supposais qu'il s'agissait simplement d'une différence entre tant d'autres. Car je me rendais compte que, d'une certaine manière, j'étais différent. Mais personne n'exigeait de moi que je fusse comme les autres : le conformisme n'était pas une qualité prisée dans notre famille. Nous descendions, nous le savions tous, d'une lignée d'étranges ancêtres qui avaient fait des mariages inhabituels, des Gallois, des Normands, des Quakers, et je n'ai jamais pensé que je devais ressembler beaucoup à quelqu'un d'autre.

J'étais en conséquence un enfant solitaire et je comprends maintenant que des conflits internes, seulement à demi formulés, me rendaient encore plus solitaire. Quand mes frères étaient à l'école, j'errais, « solitaire comme un nuage », à travers les collines, parmi les blocs de pierre, pataugeant dans la boue, fouillant les mares formées au creux des rochers du canal de Bristol, pêchant parfois des anguilles le long des digues désertes des terres marécageuses, ou observant avec mon télescope les bateaux qui partaient pour Newport ou Avonmouth. Si je regardais à l'est, je voyais les Mendip Hills où, à l'abri du vent, les gens de la famille de ma mère, modestes propriétaires terriens, prospéraient de leur vivant et, morts, étaient commémorés par des plaques de bronze. Si je regardais à l'ouest, je voyais la masse bleue des montagnes du pays de Galles, bien plus passionnantes à mes yeux, au flanc desquelles la famille de mon père avait toujours vécu – « des gens honorables et fiers », comme l'un de mes cousins les décrivit un jour, dont certains, de mémoire d'homme, parlaient encore gallois et qui tous, génération après génération, étaient liés par un commun amour de la musique.

Ces deux perspectives, j'en avais toujours eu le sentiment, m'appartenaient, et ce sentiment de double possession m'a donné parfois une impression capiteuse d'universalité comme si, de quelque côté que mon regard se posât, je pouvais voir un aspect de moi-même – illusion malsaine, je l'ai découvert depuis car, plus tard, à cause d'elle, aucun pays ou aucune ville ne me parut digne d'être visité si je n'y possédais pas une maison ou n'écrivais pas un livre à son sujet. Comme tous les fantasmes napoléoniens, c'était une sensation qui renforçait ma solitude. Si tout m'appartenait, je n'appartenais à aucun endroit précis. Les gens que je pouvais voir, du haut de ma colline, cultivant leurs terres, s'occupant de leurs magasins, passant leurs vacances à flirter au bord de la mer, habitaient un monde différent du mien. Ils étaient tous ensemble, j'étais seul. Ils étaient membres d'une communauté, j'étais un étranger. Ils parlaient entre eux, avec des mots que tous comprenaient, de sujets qui tous les intéressaient. Je parlais une langue qui n'était qu'à moi et je pensais à des choses qui les auraient ennuyés. Parfois, ils me demandaient s'ils pouvaient regarder dans mon télescope et cela me faisait grand plaisir. Cet instrument joua un rôle important dans mes rêveries et mes conjectures, peut-être parce qu'il semblait me donner un point de vue privilégié sur des mondes éloignés et lorsque, à l'âge de huit ou neuf ans, j'écrivis les premières pages d'un livre, je l'intitulai *Voyages avec un télescope*, un assez bon titre du reste. J'étais toujours flatté quand, après quelques taquineries préliminaires : « *C'est un bien grand télescope pour un petit garçon! Qui essaies-tu de voir – Gandhi?* » ils manifestaient le désir de l'essayer. D'une part, j'étais terriblement poseur et j'aimais régler prestement pour eux mes lentilles sur le bateau-phare d'Angleterre et du pays de Galles. D'autre part, le bref contact de la requête me faisait me sentir plus *ordinaire*.

J'étais extrêmement préoccupé de mon apparence et souvent je prenais, pour ainsi dire, du recul pour observer ma propre silhouette trébuchant à travers les collines ou étendue au soleil sur le gazon élastique. L'arrière-plan, du moins tel qu'il est resté dans ma mémoire, était étincelant, d'un contour précis, comme sur une peinture préraphaélite. Il ne se peut pas que le ciel ait toujours été aussi bleu que dans mon souvenir, mais l'air était certainement clair comme du cristal, la seule fumée étant celle, épaisse et noire, d'un navire charbonnier remontant paisiblement le Canal, ou la nuée floue de miasmes et de crasse toujours suspendue sur les vallées de Swansea. Les faucons et les alouettes abondaient, il y avait partout des lapins de garenne, des belettes se cachaient dans les fougères et parfois surgissait au-dessus de la colline en vrombissant bruyamment le biplan De Havilland quotidien en route pour Cardiff.

Cependant, ce que je ressentais était loin d'être aussi net et définissable que le paysage. Ma conviction d'une erreur de sexe n'était encore en moi qu'une brume repoussée tout au fond de mon esprit; mais si je n'étais pas malheureux, j'étais habituellement perplexe. Même en ce temps-là, cette enfance silencieuse et pure au-dessus de la mer me semblait étrangement incomplète. Je ressentais un vague désir de je ne savais quoi, comme s'il avait manqué à mon composé un fragment, ou comme si quelque élément en moi qui aurait dû être dur et permanent avait été instable et diffus. Il me semblait que tout était mieux défini pour les gens qui vivaient au bas de la colline. *Leurs* vies paraissaient prédéterminées comme si, tel le vieux De Havilland, ils s'en étaient tenus, opiniâtres et satisfaits, à leur chemin de chaque jour accompli dans un bourdonnement régulier. Ma vie ressemblait davantage au mouvement d'un planeur, aérien et plein de charme, sans doute, mais manquant de direction.

Il y avait là quelque chose de déroutant, qui ne devait jamais me quitter et où je vois aujourd'hui le point de départ du dilemme qui allait se développer tout au long de ma vie. Si les paysages qui m'entouraient étaient des Millais ou des Holman Hunt, mes paysages intérieurs étaient de purs Turner : mon incertitude aurait pu être représentée par des tourbillons, des nuages de couleur, une brume au fond de moi. Je ne savais pas exactement où elle se situait : dans ma tête, dans mon cœur, dans mes reins, dans mes rêves. Et je ne savais pas non plus si je devais en avoir honte ou en être fier, éprouver de la reconnaissance ou du ressentiment. Parfois, je pensais que je serais plus heureux sans elle, parfois il me semblait qu'elle devait être la substance de mon être. Peut-être un jour, en grandissant, deviendrais-je aussi compact que me semblaient les autres, mais peut-être étais-je destiné à demeurer une créature de poussières folles et d'embruns et à m'attarder dans cette conduite illogique, comme si j'étais en quelque sorte intangible.

Je décris mon incertitude en termes énigmatiques et elle m'apparaît encore comme un mystère. Personne ne sait vraiment pourquoi certains enfants, garçons et filles, découvrent en eux la conviction invincible qu'en dépit de toutes les évidences physiques, ils sont en réalité du sexe opposé. Cela arrive à un âge très tendre. Souvent, des signes se manifestent chez l'enfant quand il est encore un bébé et, en général, comme ce fut le cas pour moi, cette conviction est profondément enracinée vers l'âge de quatre ou cinq ans. Certains théoriciens supposent que l'enfant naît avec : peut-être existe-t-il des facteurs génétiques ou constitutionnels non encore découverts, ou peut-être, selon l'hypothèse récemment émise par un savant américain, le fœtus a-t-il été affecté par des hormones aberrantes au cours de la gestation.

Beaucoup de gens croient que cette disposition résulte uniquement de l'environnement précoce : d'une identification trop étroite à l'un ou l'autre des parents, de la présence d'une mère dominatrice (ou d'un père dominateur), d'une première enfance trop efféminée ou trop garçonnière. D'autres personnes pensent que la cause est en partie constitutionnelle, en partie sécrétée par le milieu – personne ne naît entièrement mâle ou entièrement femelle et il se peut que certains enfants soient plus sensibles que d'autres à ce que les psychologues appellent l'« empreinte des circonstances ».

Quelle qu'en soit la cause, il y a des milliers de gens, peut-être des centaines de milliers, qui souffrent aujourd'hui de cet état. On lui a récemment donné le nom de transsexualisme et, dans sa forme classique, il est aussi distinct du travestisme que de l'homosexualité. Les travestis et les homosexuels s'imaginent parfois qu'ils seraient plus heureux s'ils pouvaient changer de sexe, mais en général ils se trompent. Le travesti prend plaisir à porter les vêtements du sexe opposé et, en passant dans l'autre sexe, sacrifierait ce plaisir; l'homosexuel, par définition, préfère faire l'amour avec d'autres qui sont ses pareils et ne ferait que s'aliéner et les aliéner en changeant de sexe. Le transsexualisme est d'une nature différente. Ce n'est pas une façon d'agir ou une préférence sexuelles. Ce n'est pas du tout une activité sexuelle. C'est une conviction passionnée, à vie, indéracinable, dont aucun transsexuel n'a jamais été débarrassé.

J'ai essayé d'analyser mes propres émotions d'enfant et de découvrir ce que je voulais dire quand je me déclarais à moi-même que j'étais une fille dans un corps de garçon. Quel était mon raisonnement? Où étaient mes preuves? Est-ce que je pensais simplement que je devrais me comporter comme une fille? Est-ce que je pensais que les gens devraient me traiter en fille? Avais-je décidé que je préférerais, en grandissant, devenir une femme plutôt qu'un homme? S'agissait-il de quelque effroyable héritage de la Grande Guerre qui, en meurtrissant et finalement en tuant mon père, avait rendu répugnants à mes yeux les passions et les instincts des hommes? Ou bien quelque erreur s'était-elle produite durant les mois que j'avais passés dans le ventre de ma mère, des hormones avaient-elles été mal distribuées et ma conviction ne se fondait-elle sur aucun raisonnement?

Des freudiens et des antifreudiens, des sociologues et des spécialistes de l'environnement, des membres de ma famille et des amis, amis intimes et simples relations, des éditeurs et des agents littéraires, des hommes de Dieu et des hommes de science, des cyniques et des compatissants, des impudiques et des puritains – tous m'ont posé depuis lors ces questions et, très souvent, y ont répondu eux-mêmes, mais pour moi le problème demeure. Soit. Si j'ai évoqué mon enfance sur le mode impressionniste, comme un ballet vu à travers un rideau de gaze, c'est en partie parce que je m'en souviens seulement comme d'un rêve, mais en partie aussi parce que je ne veux pas la rendre responsable de mon dilemme. Ce fut à tous égards une enfance charmante et j'en garde encore de la reconnaissance.

En tout cas, je vois pour ma part le dilemme dans une autre perspective car je crois qu'il a quelque origine ou quelque signification plus haute. Je me place sur le plan de la conception de l'âme, ou de l'identité, et je pense qu'il ne s'agit pas d'une énigme sexuelle mais d'une recherche de l'unité. Pour moi, tous les aspects de ma vie prennent leur signification à partir de cette quête – pas seulement les pulsions sexuelles, mais toutes les images, tous les sons et toutes les odeurs contenus dans ma mémoire, les influences des édifices, des paysages, des camaraderies, la puissance de l'amour et de la douleur, les satisfactions des sens qui sont la part du corps. Dans mon esprit, ce sujet dépasse de loin la sexualité : je n'y trouve aucune trace de prurit lubrique et je le vois par-dessus tout comme un dilemme non du corps ou du cerveau, mais de l'âme.

Pourtant, pendant quarante années après ce rendez-vous avec Sibélius, un but d'ordre sexuel a dominé, bouleversé et tourmenté ma vie : l'ambition tragique et irrationnelle, instinctivement formulée mais délibérément réalisée, de fuir la masculinité et d'atteindre à la féminité.

2

Vivre un mensonge -
le nid d'oiseaux chanteurs - Oxford -
une petite bosse - dans la cathédrale - rire

A mesure que je grandis, mon conflit devient plus explicite et je commençai à sentir que je vivais un mensonge. J'étais un imposteur; ma réalité féminine, que je n'avais pas de mots pour définir avec précision, revêtait une apparence de virilité. Les psychiatres m'ont souvent demandé si cela me donnait un sentiment de culpabilité, mais c'était tout le contraire qui était vrai. J'avais l'impression, en souhaitant avec une telle ferveur, de façon si incessante, d'être transplanté dans un corps de fille, que je ne faisais qu'aspirer à un état plus divin, à une réconciliation intérieure; et j'attribue cette impression, non aux influences de mon foyer ou de ma famille, mais à une expérience précoce de ma vie à Oxford.

Oxford a fait de moi ce que je suis. J'ai été jeune étudiant à Oxford et, pendant la plus grande partie de ma vie, j'ai possédé là une maison, satisfaisant ainsi doublement à mes critères personnels de la possession puisque j'ai aussi écrit un livre sur cette ville. Mais, ce qui est beaucoup plus important, ce fut dans cette ville que je connus pour la première fois l'internat : les caractéristiques, les valeurs et les traditions d'Oxford dominèrent ma prime jeunesse et furent pour moi la révélation d'un monde autre que celui de la maison, d'un monde au-delà de la portée de mon télescope. Je n'ai pas, je l'espère, un point de vue sentimental sur le lieu : je connais trop bien ses défauts. Il demeure néanmoins pour moi, tout élimée et délabrée que soit son intégrité, une image de ce que j'admire le plus au monde : une présence si ancienne et si authentique qu'elle absorbe le temps et les changements comme un prisme absorbe la lumière, ne faisant que s'en enrichir et ne trouvant rien qui lui soit étranger, sinon l'intolérance.

Naturellement, quand je parle d'Oxford, je ne veux pas dire simplement la cité ou l'université, ni même l'atmosphère de l'endroit, mais toute une attitude de pensée, un état d'esprit, presque une civilisation. Lorsque j'y arrivai, j'étais une anomalie, en moi-même une contradiction et, n'eussent été la souplesse et l'enjouement que la culture d'Oxford me communiqua, je pense que j'aurais depuis longtemps échoué dans ce dernier refuge des anomalies : une maison de fous. Car une grande et réconfortante vérité est particulièrement chère à l'éthique oxonienne : c'est qu'il n'y a pas de normes. Nous sommes tous différents; aucun de nous ne se trompe complètement; comprendre, c'est pardonner.

Je devins membre de l'université d'Oxford en 1936, à l'âge de neuf ans, et mon nom figure sur les registres de l'université de cette année-là. La raison de cela n'est pas que j'étais une sorte de prodige, mais que j'ai fait mes premières études comme membre de la manécanterie de Christ Church, un collège si magnifique que sa chapelle est en fait la cathédrale du diocèse d'Oxford et entretient son propre chœur professionnel. Aucune éducation ne peut laisser de plus durable marque que celle-ci ne le fit sur moi et je doute qu'une école d'un autre genre eût satisfait si curieusement mes aspirations intimes. Un idéal de virginité a été nourri en moi par les années que j'ai passées à Christ Church, un sentiment de fragilité sacrée que j'en suis venu, peu à peu, à identifier à la féminité – « l'éternel féminin qui, comme dit Gœthe dans les derniers vers de *Faust*, nous conduit vers les hauteurs ».

En ce temps-là, la manécanterie de la cathédrale, logée dans l'obscurité sans charme d'une ruelle bordée de hauts murs, au cœur de la ville, était pratiquement limitée aux choristes – seize garçons en tout. Nous étions une institution médiévale et nous vivions d'une manière médiévale, un nid d'oiseaux chanteurs installé dans un galetas d'Oxford. Nous pouvions former une équipe de cricket, mais nous n'étions pas assez nombreux pour jouer entre nous. Nous jouions des pièces de théâtre, mais seulement des petites. Les concerts de notre école étaient heureusement courts. Nous étions, pour ainsi dire, faits sur mesure : nous étions là pour chanter de la musique religieuse dans la cathédrale de sainte Frideswide (une sainte d'Oxford, considérée ailleurs comme suspecte, sinon entièrement fictive, je l'ai découvert depuis avec tristesse) et tout le reste était sacrifié à ce but. L'enseignement que nous recevions était correct, mais nécessairement spasmodique : nous devions en effet, deux fois par jour, mettre nos calottes à mortier, nos cols Eton et nos robes flottantes et traverser St Aldate's pour nous rendre à la cathédrale – tout fiers d'être un spectacle pour les touristes et croisés parfois, de façon assez comique, par un rang parallèle de policemen marchant pesamment dans la direction opposée en file par un, casqués et lourdement bottés, qui se rendaient à leur quartier général, au bout de la rue.

Les pédagogues d'aujourd'hui seraient probablement horrifiés s'ils pouvaient voir dans quelles conditions nous étions instruits : nous devons avoir été l'un des plus petits pensionnats d'enfants de l'Angleterre et cela étriquait évidemment notre vie intellectuelle. Cependant, je revois le temps que j'ai passé là comme une période de calme et de beauté. On m'a souvent suggéré que, dans ces années 1930 postvictoriennes, les conventions du temps pouvaient avoir déformé mon attitude sexuelle. L'homme était fait pour les choses rudes : gagner de l'argent, faire la guerre, demeurer froid et hautain, battre les écoliers indociles, porter des bottes et des casques, boire de la bière; aux femmes étaient réservées des activités plus sensibles et plus douces : guérir, réconforter, peindre des tableaux, porter des vêtements de soie, chanter, choisir des coloris, offrir des présents, être admirées. Il se trouvait que, dans notre famille, de telles distinctions n'étaient pas admises et personne ne se serait avisé qu'un penchant pour la musique, les couleurs et les tissus était efféminé; mais il est vrai que ma notion personnelle de la féminité comportait la douceur plutôt que la force, une disposition à pardonner plutôt qu'à punir, à donner plutôt qu'à prendre, à aider plutôt qu'à diriger. Oxford semblait exprimer cette distinction d'une manière dont Cardiff par exemple, ou même Londres, eussent été incapables et, en étant si enthousiasmé par sa beauté, je sentais bien que je succombais à une influence spécifiquement féminine. Dès ce temps-là et aujourd'hui encore, j'ai pris l'habitude de penser à Oxford au féminin : « elle », suivant en cela avec onction, comme un critique l'a dit un jour dédaigneusement, l'exemple des pires *belles-lettres* * victoriennes.

Une grande partie de cette beauté était purement physique et le plaisir qu'elle me donnait était physique aussi. Chaque après-midi, nous nous rendions à notre terrain de jeux de Christ Church Meadow, une longue et étroite prairie située sous les murs de Merton College. J'aimais cet endroit avec à peu près la même fervente nonchalance, je m'en rends rétrospectivement compte, que le poète Marvell aimait son jardin :

Trébuchant sur les melons, au passage,
Les pieds entravés par des fleurs, je m'affale sur [l'herbe.

Trois gros châtaigniers poussaient dans un angle et j'avais l'habitude de m'étendre, invisible et ravi, dans la haute herbe humide au-dessous d'eux, goûtant le lourd silence embaumé d'un après-midi d'été à Oxford. Des grenouilles sautaient et m'amusaient constamment; des sauterelles vibraient sur des brins d'herbe tout près de mes yeux; les cloches d'Oxford carillonnaient languissamment les heures; si j'entendais quelqu'un m'appeler : « Morris! Morris! c'est à toi! » je savais qu'il ne prendrait pas la peine de me chercher longtemps. Marvell pensait que le jardin

* En français dans le texte.

d'Eden devait avoir été à son moment de perfection quand Adam s'y promenait seul et, toute ma vie, j'ai ressenti en certains endroits, des paysages aussi bien que des villes, une allégresse qui me semble véritablement sexuelle, plus pure mais non moins excitante que la sexualité du corps. Je pense que cette émotion perverse mais agréable remonte à ces après-midi parfumés sur le terrain de cricket.

Les dieux quand ils donnaient la chasse à des mortelles,
S'ils grimpaient dans un arbre, ne les trouvaient plus [belles
Et Pan s'il poursuivait Syrinx avec ardeur
Ne voulait lui ravir que son roseau chanteur.

Mais Oxford avait d'autres séductions moins évidentes. J'aimais l'*idée* de l'endroit à peine moins que son aspect. J'aimais son grand âge et son étrangeté, ses cérémonies, ses caprices et ses antiquités. J'aimais les massives forteresses de livres si souvent aperçues à travers les fenêtres des collèges et les visages des hommes remarquables que nous voyions chaque jour autour de nous – des hommes d'État et des philosophes à la table d'honneur de Christ Church Hall, des théologiens imposants comme des chevaliers dans leurs chaires, des savants excentriques qui se parlaient à eux-mêmes dans High Street. J'aimais les fêtes de Noël organisées pour nous par les chanoines de

Christ Church dans leurs grandes résidences canoniques en face de Tom Quad. Que les cierges étaient grands en ce temps-là! Que les gâteaux étaient savoureux et sains! Comme les professeurs titulaires de chaires royales se révélaient vifs et spirituels une fois dépouillés des attributs impressionnants de leurs fonctions! Quels surprenants cadeaux nous recevions : des enveloppes avec des *Penny Blacks* pour nos collections de timbres, de magnifiques sceaux de cire d'évêques ou de chanceliers! Quelles expressions de bonheur il y avait sur les visages des vieux ecclésiastiques quand enfin, tout essoufflés et murmurant notre gratitude d'une voix flûtée : « Merci *vraiment* beaucoup, monsieur! », « C'était *rudement* gentil à vous, monsieur! » nous les regardions nous dire au revoir d'un signe de tête, des marques de fatigue autour des yeux, à travers leurs portes entrebâillées qui se refermaient lentement!

Je ne sais pas vraiment quelle est l'utilité d'Oxford et je ne pense pas qu'il soit nécessaire de chercher à la définir. Le fait qu'elle existe suffit, ce n'est pas quelque chose que l'on peut préciser ou expliquer : cela fait tout simplement partie de la vie. Pour moi, Oxford est une sorte de pays où les gens sont apparemment encouragés à s'occuper de leurs affaires et de leurs plaisirs personnels à leur propre rythme et à leur propre manière. Et cette conception de l'université, cadre idéal à travers les bosquets, les collines et les prairies duquel le privilégié peut, pendant un court moment de sa vie, flâner, est l'une de celles auxquelles je demeure attachée.

Tout cela agissait comme des influences enivrantes sur un enfant dans mon état d'esprit. Ces influences encourageaient mon sentiment d'être différent et mon goût de la pureté. L'école elle-même était raisonnable et peu exigeante : personne ne me traitait de chochotte à cause de mes affectations poétiques ou ne me trouvait idiot parce que je rougissais de montrer ma nudité. Je détestais les sports, sauf le cross-country, mais personne ne m'en blâmait et les plus sensibles parmi les maîtres ayant reconnu chez moi, je crois, une sorte d'ambiguïté, tous faisaient de leur mieux pour me ménager. Je me souviens encore avec un serrement de cœur d'un moment d'empathie. C'était un jour dans la lingerie; peut-être étais-je allé chercher une dose d'Angier's Emulsion ou reprendre des chaussettes reprisées, quand tout à coup la lingère me saisit les deux mains et me demanda si elle pouvait me montrer quelque chose. Elle me dit cela avec un sourire doux mais qui n'excluait pas le sérieux et je m'attendis à voir paraître quelque bibelot de famille sorti d'une boîte à bijoux, ou la photographie de quelque bien-aimé. Au lieu de cela, elle marcha vers la fenêtre, tira les rideaux et enleva sa robe. Je vois encore sa silhouette assez maigre en combinaison satinée rose et j'entends sa voix au léger accent rustique de l'Oxfordshire :

– Tu n'as pas à être gêné, mon chéri, tu as souvent vu ta mère se déshabiller, n'est-ce pas?

Je n'avais aucune idée de ce qui allait suivre quand, prenant ma main dans la sienne, elle la fit glisser autour de sa taille, sur le tissu soyeux, jusqu'aux creux de ses reins :

– Là, dit-elle, tâte là.

Je tâtai et, sous le satin, je sentis une petite bosse dure.

– Est-ce que tu sens? murmura-t-elle en s'agenouillant sur le plancher, devant moi, et, prenant mon visage entre ses mains, elle ajouta : « Qu'est-ce que ça peut être, Morris? Qu'est-ce que tu crois que c'est? »

J'étais touché, effrayé, fier d'avoir été consulté, tout cela en même temps et je fis le peu que je pouvais pour la réconforter. Ce n'était rien, dis-je hardiment, rien qui vaille la peine qu'on se fasse du souci. Voyons, ce n'était qu'une petite bosse. On la sentait à peine. Ma mère avait eu souvent des petites bosses comme celle-là.

Cependant, l'expérience la plus enivrante de toutes était celle dont je m'imprégnais à l'intérieur de la cathédrale. Je n'ai jamais été un vrai chrétien et, aujourd'hui encore, je souhaite que les grandes églises d'Europe soient consacrées à quelque usage moins absurde que la pratique du culte. J'excepte pourtant de mon iconoclastie les cathédrales anglaises vraiment fidèles à la tradition, s'il en reste encore, où le livre de prières commun survit non modifié, où la Bible est encore lue dans la version du roi Jacques, où d'ardentes jeunes mariées tiennent leurs doigts croisés tandis qu'elles promettent d'obéir, où l'odeur est une odeur de moisi et de cierges, où les agenouilloirs ont été brodés par la Guilde des Mères du Diocèse, où les voyelles des prêtres sont aussi pures que leurs intonations musicales sont tremblées, où des rebords dorés luisent sous les rosaces, où les organistes se penchent aimablement à leurs tribunes pendant le sermon, où des arrangements de Charles Stanford, *Le Désert* et *Zadoc le Prêtre* résonnent sous les arcades les jours de fête et où, à la fin de la prière du soir, les paroles de la bénédiction vous parviennent, toutes menues, à peine audibles mais merveilleusement émouvantes, de la lointaine silhouette revêtue de sa chape, qui élève les mains là-bas, devant le maître-autel. Toutes ces conditions étaient remplies à la perfection pendant la période de mon enfance où j'assistais aux services religieux de Christ Church, à Oxford, et tandis que descendaient sur moi les oraisons de leurs mystères, je méditais et je m'interrogeais, jour après jour, sur mon propre mystère.

Les chercheurs qui s'intéressent à la transsexualité parlent volontiers des atours mystiques dont elle est probablement revêtue. Les anciens attribuaient fréquemment un caractère sacré à un être qui s'élevait au-dessus des sexes et des amis compréhensifs ont détecté, au cœur de mon problème personnel, une sorte d'inspiration. Je l'ai sentie moi-même, si profane et ridicule que cela puisse paraître aux sceptiques, au cours des années où j'ai fréquenté régulièrement cette cathédrale. Chaque jour pendant cinq ans, sauf pendant les vacances, j'ai assisté là aux services religieux et cette combinaison d'architecture, de musique, d'apparat, de littérature, de suggestions, d'associations et de sainteté a puissamment affecté le regard que je portais sur moi. Je connaissais cet édifice presque aussi bien que ma propre maison. Ou plutôt, j'en connaissais une *partie* car, invisibles au-delà des stalles du chœur, il y avait des chantreries et les sanctuaires où nous avions rarement des raisons de pénétrer, des renfoncements qui ne s'animaient que certains jours de cérémonies et étaient, en temps ordinaire, plongés dans l'ombre, vaguement décorés des drapeaux devenus transparents de régiments dispersés, et où entraient parfois à pas traînants, comme pour se perdre dans l'anonymat, des silhouettes courbées en quête de solitude. Mais dans le cercle brillamment éclairé qui entourait les stalles du chœur, j'en étais arrivé à me sentir chez moi, et ce fut là plus que n'importe où ailleurs que mon dilemme se transforma en projet.

Un vieil édifice religieux est favorable aux secrets et mon secret en vint à être si étroitement entremêlé aux formes, aux sons et aux tracés de la cathédrale qu'aujourd'hui encore, quand je retourne là entendre les vêpres, j'ai le sentiment de pénétrer dans une atmosphère complice. J'éprouvais en ce lieu une impression d'accomplissement fugace, une sorte de consécration. Un peu plus loin, à l'école de la manécanterie, je me sentais de plus en plus un imposteur parmi mes camarades et je tressaillais en silence, douloureusement, quand des gens, dans leur bienveillante ignorance, s'attendaient à ce que je fusse comme les autres. Même la lingère, si j'avais échangé avec elle confidence pour confidence, m'aurait sans aucun doute envoyé au lit de bonne heure ou ordonné du sirop de figues – réaction qui, je peux bien le dire, a été plus ou moins celle que j'ai rencontrée dans les milieux médicaux quelque vingt ans plus tard. Je me demandais parfois si c'était une punition. J'avais peut-être fait quelque chose d'affreux au cours d'une précédente incarnation, quelque chose qui m'avait valu d'être condamné de la sorte. Ou peut-être trouverais-je une compensation dans une existence future en renaissant sous les traits de Sonja Henie ou de Deana Durbin? A d'autres moments, je pensais que tout devait pouvoir se résoudre par la souffrance et, quand je m'asseyais dans le fauteuil du dentiste, quand j'étais étendu, misérable, à l'infirmerie, ou quand on me pressait de m'élancer le premier du plongeoir dans la piscine froide, j'avais recours à une formule secrète de mon invention; on m'avait souvent dit que j'étais courageux et cela m'avait appris quelque chose sur la signification du courage, car je comptais réellement sur chaque moment de malheur pour contribuer à ma délivrance – en vérité, j'amassais des trésors dans le ciel.

C'était seulement pendant les heures que nous passions chaque jour à la cathédrale que je pouvais être moi-même. J'atteignais là une sorte de nirvâna puéril. Rose, blanc et écarlate dans mon accoutrement, sincèrement inspiré par la musique, les paroles et le décor, je n'étais de toute façon pas exactement un garçon, j'avais subi une sorte d'apothéose d'innocence à laquelle j'aspire aujourd'hui encore – un enchantement moins direct que mes moments de joie sous les châtaigniers, mais plus complètement libérateur. Peut-être est-ce ce que ressentent les nonnes? Assurément, j'étais convaincu que l'esprit du lieu approuvait mon sentiment et comprenait parfaitement mes désirs. Comment aurait-il pu en être autrement? Les plus nobles aspects de la liturgie tendaient vers ce que je concevais comme le principe femelle. Nos vêtements eux-mêmes semblaient destinés à nier notre masculinité et le plus magnifique de tous les personnages de l'histoire chrétienne, pensais-je, le personnage plus parfait et mystérieux que le Christ lui-même, était la Vierge Marie dont la présence flottait si étrangement et si gracieusement à travers les Évangiles – l'énigmatique Vierge Marie.

M'exaltant dans cette voie innocente quoique fade, je commençais à rêver à des moyens de rejeter la peau de mon corps pour révéler mon être dans toute sa pureté, à jamais émancipé dans cet état de simplicité. Je priais chaque soir pour cela. Un moment de silence suivait chaque jour les paroles de grâce : « Que la grâce de Notre-Seigneur Jésus-Christ, l'amour de Dieu et la présence du Saint-Esprit soient avec nous pour toujours. » Dans ce hiatus pendant lequel mes supérieurs, je suppose, demandaient le pardon ou la lumière, j'insérais silencieusement, chaque soir, année après année durant toute mon enfance, un appel moins attendu mais non moins sincère : « *Et faites, mon Dieu, que je sois une fille. Amen.* »

Comment Dieu pouvait-Il réaliser ce désir, je n'en avais aucune idée et j'étais sans doute tout aussi peu précis quant aux détails de ce que je souhaitais. Je ne savais d'ailleurs guère quelle était la différence entre les sexes, n'ayant que rarement, sinon jamais, vu un corps de femme dans sa nudité, et je priais sans raisonner, de façon tout instinctive. Mais l'impulsion était chez moi absolument contraignante, irrépressible, et ces moments dans la cathédrale semblaient y ajouter un encouragement sacré. Je sentais qu'il y avait là des Puissances prêtes à m'aider, un jour. Je ne désespérais pas et, étant par tempérament un enfant gai et, en la circonstance, un enfant favorisé, je m'exerçais à entretenir mon secret plus comme une promesse que comme un fardeau. « Je pris mon parti de rire de tout, comme dit le Barbier de Beaumarchais, par crainte d'avoir à en pleurer. » Je ne veux pas dire par là que j'imaginais quelque projet divin s'accomplissant par mon entremise, mais simplement que ces influences qui se sont exercées sur mon enfance, cette tolérance anglaise, ces attitudes et ces sensations d'Oxford, ces consolations du cérémonial chrétien, tissèrent leur enchantement autour de mes perplexités, les adoucirent et leur communiquèrent une sorte de grâce. Je suppose qu'il doit vous sembler qu'il y a quelque chose de grotesque dans l'aspiration transsexuelle, mais elle ne m'a jamais paru ignoble, ni même contre nature. Je suis d'accord avec Gœthe.

3

Le sexe et mon dilemme - dans le fenil - le genre et le grand Bolsover

Je me demandais parfois si d'autres pouvaient être dans la même fâcheuse situation que moi et un jour, à l'école, choisissant l'un de mes grands amis, je me risquai, à titre d'essai, à aborder le sujet. L'idée m'était venue que, peut-être, mon état était parfaitement normal et que *tous* les garçons souhaitaient devenir des filles. Cela semblait une aspiration assez logique si la Femme était un être aussi élevé et admirable que l'histoire, la religion et les bonnes manières concouraient à nous l'assurer. Je ne tardai pas, cependant, à être désillusionné car mon ami fit adroitement dévier la conversation vers une plaisanterie obscène et je me repliai en toute hâte, avec un rire gêné.

Que mon dilemme eût, en fait, quelque rapport avec mes organes sexuels ne m'effleurait pas l'esprit en ce temps-là et me paraît improbable aujourd'hui encore. Presque dès mon entrée à la *public school* de Lancing, j'appris très exactement comment s'opérait la reproduction des êtres humains et cela me parut essentiellement prosaïque. Mon opinion n'a pas changé. Je n'étais pas du tout surpris que Marie eût bénéficié du privilège d'une naissance virginale car rien ne pouvait me sembler plus terre à terre que le mécanisme de la copulation, que toute créature vivante pratique sans difficulté et qui peut aisément être reproduit par des moyens artificiels. Que mes premières émotions imprécises, nées du vent et du soleil, de la musique et de l'imagination – que mon dilemme puisse être simplement une question de pénis ou de vagin, de testicules ou d'utérus, me semble encore une contradiction dans les termes car ce n'était pas mon appareil génital qui était en cause, c'était mon *moi*.

S'il existait une institution capable de me persuader que la masculinité était préférable à la féminité, ce n'était pas le collège de Lancing. La Seconde Guerre était maintenant commencée et l'école avait été transportée de son magnifique siège du Sussex dans un groupe serré de maisons campagnardes du Shropshire. Je suppose qu'elle avait perdu dans l'opération beaucoup de son assurance et de sa cohésion. Bien certainement, après les splendeurs d'Oxford et la fantasque générosité de ma vie familiale, le collège était décevant et sans prestige, rien dans cet établissement ne m'exaltait ou ne renouvela jamais mon sentiment du sacré.

Je n'y étais pas vraiment malheureux mais j'y vivais généralement dans la crainte. Les maîtres étaient tous gentils mais l'inique système exercé par les « préfets » pouvait être très cruel. J'avais constamment des ennuis, en général pour des questions de malpropreté, et j'étais battu plus souvent que n'importe quel garçon de ma « maison ». Un rituel bête et méchant entourait la correction infligée par le « chef de maison ». La salle du sous-sol était drapée de couvertures ou de rideaux, ce qui lui donnait une ambiance de chambre de torture et tous les préfets de la maison étaient présents. J'étais habituellement malade de peur et, maintenant encore, après trente années, je me sens au bord de la nausée quand j'y pense. De même, aucune des règles de discipline que j'ai connues plus tard dans l'armée britannique, aucun beuglement de sergent et aucun sarcasme d'adjudant, rien ne m'a jamais paru aussi terrifiant que le régime du Collège de Préparation militaire supérieure de Lancing dont les revues obligatoires avaient lieu tous les jeudis après-midi. Nous portions des uniformes de la Première Guerre mondiale et faisions l'exercice avec des fusils du XIXe siècle récemment pris aux Italiens en Afrique du Nord, et la plus légère ternissure sur un bouton, la plus petite irrégularité dans l'enroulement des molletières pouvaient nous valoir des brutalités. Pendant vingt ans au moins, mes rêves ont été hantés par l'horreur de ces revues et par le brûlant regard bleu pâle du sergent instructeur s'approchant de moi, plein d'espoir et de gouaille, le long des rangs (car si j'étais véritablement présent, si je n'avais pas réussi à convaincre les autorités que je m'étais foulé une cheville ou que j'avais de la fièvre, il était extrêmement rare que ma tenue fût correcte).

Je voulais n'avoir rien de commun avec cet établissement. Je quittai Lancing dès qu'il me fut possible de m'engager comme volontaire dans l'armée, à dix-sept ans. Quand j'évoque les années que j'ai passées à Lancing, je ne me souviens que de deux plaisirs certains. L'un était le plaisir de vagabonder à bicyclette dans la campagne proche du pays de Galles; l'autre était le plaisir du sexe. Quand je m'éloignais dans les collines couvertes de fougères ou quand j'explorais les châteaux qui gardaient cette frontière le long de laquelle on s'était si longtemps battu, je me retirais dans un rôle plus authentique et individualiste que tout ce qui était permis à Lancing. Et quand je frémissais à l'attouchement de la main vigoureuse d'un préfet, subrepticement glissée sous la table à l'heure du thé, j'étais capable d'oublier qu'il m'avait fouetté la semaine précédente et je pouvais être avec lui vraiment moi-même, non plus le pauvre garçon humilié pleurant sur une caisse d'emballage, mais quelqu'un de bien plus adulte, à la fois confiant et sûr de soi.

J'espère ne pas passer pour narcissiste si je déclare que j'étais un garçon plutôt séduisant, pas très beau peut-être mais en bonne santé et mince. Inévitablement, le système scolaire anglais étant ce qu'il est, on me faisait des avances et, par là, mes convictions intimes se trouvaient renforcées. Il me semblait parfaitement naturel de jouer le rôle de la fille dans ces éphémères et généralement superficielles liaisons romanesques et, dans leurs aspects platoniques, elles me donnaient beaucoup de plaisir. Il était amusant d'être l'objet d'assiduités, agréable d'être admiré et utile d'avoir des protecteurs en première. J'aimais bien être embrassé dans l'escalier de derrière et je fus nettement flatté quand le plus beau des grands élèves prit des dispositions compliquées pour me rencontrer pendant les vacances.

Néanmoins, quand il fut question d'activités pédérastiques plus grossières, j'éprouvai non pas exactement de la répulsion, mais de la gêne. Esthétiquement, cela me semblait une erreur. Rien n'était satisfaisant. Nos corps ne s'ajustaient pas et, en outre, j'avais le sentiment que, bien que la promiscuité dans le flirt fût sans danger et amusante, l'intimité des corps avec de simples camarades était inélégante. Ce n'était pas l'envol que j'attendais. Ce n'était pas ce que les jeunes filles de mes amies avaient en tête quand elles parlaient à voix basse et haletante de leur nuit de noces. On était très loin de la Naissance virginale. De plus, il y avait là quelque chose d'irritant pour moi car, bien que mon corps eût souvent grande envie de donner, de céder, de s'ouvrir, la machine n'était pas la bonne. Elle était faite pour une autre fonction et j'avais le sentiment d'avoir reçu des organes qui ne me convenaient pas.

Je craignais de paraître froid à mes prétendants, même à ceux que j'aimais le mieux, mais je ne voulais pas passer pour ingrat. Je n'étais pas le moins du monde choqué par leurs intentions, mais je n'étais tout simplement pas en mesure de payer de la même monnaie. Nous nous livrions généralement à nos plaisirs illicites dans les fenils des fermes ou dans ces meules lâches que les paysans élevaient encore dans les champs en ce temps-là, et je pense qu'il est révélateur que les souvenirs les plus vivaces et les plus voluptueux que m'ont laissés ces premières expériences sexuelles soient non pas les gauches étreintes du grand Bolsover, sa respiration rendue haletante par la passion ou ses techniques insinuantes pour m'enlever mon pantalon, mais la chaude sensation aux légers relents de pourriture du foin sous mon corps et l'odeur de fermentation des pommes qui montait des granges situées au-dessous de nous.

C'était donc cela, le sexe! Je compris immédiatement qu'il s'agissait d'une chose différente du genre – ou plutôt d'une chose différente de ce facteur intérieur que j'identifiais chez moi à la féminité. Ce facteur me semblait, quoique faisant partie des rapports humains, n'avoir qu'une relation fortuite avec les ébats de Bolsover dans la meule de foin – en cela aussi j'avais raison car si Bolsover n'avait pu, à ce moment, prendre ses ébats avec quelque junior nubile, il serait sans aucun doute monté dans le grenier pour jouer avec lui-même.

Pour moi, le genre n'est pas du tout d'ordre physique, mais d'ordre totalement insubstantiel. C'est l'âme, peut-être, c'est le talent, le goût, l'ambiance, c'est une façon de sentir, une question de lumière et d'ombre, une musique intérieure, c'est une élasticité dans la démarche ou un échange de regards, c'est plus réellement une façon de vivre et d'aimer qu'une quelconque combinaison d'organes génitaux, d'ovaires et d'hormones. C'est ce qu'il y a d'essentiel en soi, la psyché, le fragment de l'unité. Les mots mâle et femelle désignent le sexe; masculin et féminin sont les genres et, bien que ces conceptions se recouvrent en partie, elles sont loin d'être synonymes. Ainsi que C. S. Lewis l'a écrit, le genre n'est pas une pure et simple extension imaginaire du sexe : « Le genre est une réalité, et une réalité plus fondamentale que le sexe. Le sexe n'est, en fait, que l'adaptation à la vie organique d'une polarité fondamentale qui divise toutes les créatures. Le sexe femelle est simplement l'une des choses qui appartiennent au genre féminin; il y a en a beaucoup d'autres et les genres masculin et féminin nous apparaissent sur des plans de réalité où les mots mâle et femelle ne signifient rien. »

Lewis comparait la différence entre masculin et féminin à la différence entre rythme et mélodie ou entre une main fermée et une paume offerte. Assurément, c'était une mélodie que j'entendais en moi, non un tam-tam ou une fanfare, et si mon esprit était parfois crispé, mon cœur n'était que trop ouvert. Il devint plus tard à la mode de parler, à propos de mon état, de « confusion des genres », mais je pense que c'est un abus de termes : je n'ai eu aucun doute sur mon genre depuis le moment de ma prise de conscience sous le piano. Rien au monde ne m'aurait fait renoncer à mon genre, bien qu'il demeurât caché à tous. Mon corps, mes organes, tous mes accessoires me semblaient beaucoup moins sacro-saints et aussi beaucoup moins intéressants.

Pourtant, je n'étais pas indifférent aux magnétismes du corps. Parmi les ardeurs obscures qui me hantaient, il y avait le désir d'une participation plus franche à la vie. Je sentais que les grandes constantes du cycle humain, de la naissance à la mort, m'étaient en quelque sorte retirées, que je n'y avais pas ma place et ne pouvais que les contempler de loin ou à travers une vitre. Les vies des autres me semblaient plus réelles que la mienne parce qu'elles étaient plus proches de ces grands arcanes fondamentaux et formaient avec eux une entité toute simple. En fait, je le comprends maintenant, je souhaitais avec force pouvoir un jour être mère et peut-être l'intérêt que je portais à la maternité de la Vierge tenait-il à la constatation que je ne pourrais jamais l'être. J'ai toujours aimé les petits enfants avec la sorte de convoitise involontaire qui, je suppose, pousse les vieilles filles d'un certain âge à voler des bébés; et lorsque plus tard dans la vie j'atteignis l'âge supposé propre à la maternité, étant toujours incapable de jouer ce rôle, je fis ce qui s'en rapprochait le plus et devins père.

Qu'aurait dit Bolsover si, me dégageant de son étreinte, j'avais donné comme excuses des considérations aussi sophistiquées? Mais à moi, tout cela me semble assez clair. Étant féminin par le genre et mâle par le sexe, j'étais né avec un corps qui ne me convenait pas et je ne pourrais atteindre à la plénitude de mon être qu'en ajustant l'un à l'autre. J'y ai réfléchi pendant environ quarante ans depuis que je l'ai découvert et, bien que je sache maintenant que l'unité complète ne peut être réalisée – car aucun homme n'est jamais devenu mère, même par miracle –, je n'ai pu quand même aboutir à une autre conclusion.

4

L'accueil du colonel - la vie militaire - un imposteur au mess - Otto - les non-personnes

Je n'étais encore qu'un jeune garçon, pas même formé, quand, pénétrant sous la tente du colonel, sur les rives du Tagliamento, en Vénétie julienne, je vis avec stupeur l'officier commandant le 9e régiment de lanciers de la reine se lever pour m'accueillir. Pourtant, j'entrais dans un monde d'hommes, le monde de la guerre et de la soldatesque. Je me sentis pareil à l'une de ces peu convaincantes héroïnes de romans qui, déguisées avec des cothurnes ou une tunique de hussard, s'introduisent sur les champs de bataille pour y trouver la gloire ou une idylle; et le geste d'accueil courtois du colonel, s'adressant à un officier de renseignement subalterne, me sembla de bon augure. Il l'était. Tout inconnu et imposteur que je fusse, je fus traité avec bienveillance à l'armée. Et loin de faire de moi un homme, l'armée m'incita seulement à me sentir encore plus profondément féminin.

Le 9e lanciers avait été célèbre pour son brillant

et son caractère exclusif qui en avait fait une sorte de club depuis sa fondation, en 1715, sous le nom de régiment de dragons Owen Wynn et, vers la fin de la Seconde Guerre mondiale, ses membres étaient au maximum de leur forme. Ils étaient le modèle même du régiment de cavalerie motorisée, mêlant avec succès technique et tradition et, au moment où je me joignis à eux, ils étaient encore portés par la vague de la victoire, alertes, bien entraînés et légitimement contents d'eux après avoir pourchassé les Allemands d'El-Alamein jusqu'au Pô. Ils me plurent dès le début et, si court que fût mon séjour dans cette brillante et fière unité, je lui conservai mon affection jusqu'à la fin – en 1960, date à laquelle elle fut finalement fusionnée avec le 12ᵉ lanciers. Après l'Italie, je voguai avec le 9ᵉ lanciers vers l'Égypte et ensuite, devenu officier de renseignement du régiment, je l'accompagnai en Palestine dans les dernières années du mandat britannique. Les membres du 9ᵉ lanciers ne me traitèrent jamais comme un des leurs et je leur en fus reconnaissant : j'étais accueilli parmi eux comme un visiteur de passage ayant franchi quelque frontière non officielle et cela me semblait tout naturel.

La vie militaire m'avait toujours paradoxalement attiré. Plus tard, je fus amené à connaître cette vie dans des circonstances très différentes, quand je suivis les armées d'Occident dans la longue opération d'arrière-garde de l'impérialisme. Mais, si déplorable que fût cette expérience, elle ne tarit pas chez moi le respect pervers pour la profession des armes. J'ai toujours admiré les vertus militaires, le courage, le panache, la fidélité, l'autodiscipline, et j'aime l'allure des soldats. J'aime la maigre silhouette bossue des fantassins, l'air avantageux des parachutistes et tout le déroulement martial d'un embarquement ou d'une revue. Les tanks en particulier, que je ne connaissais que trop bien, m'ont toujours fasciné. Ils ne sont, comme on me l'a appris à Sandhurst, rien de plus que des canons mobiles : tous leurs mécanismes complexes de propulsion et de contrôle, tous leurs tubes, leurs supports et leurs panneaux ne concourent qu'à un seul objectif : mettre le canon au bon endroit et ajuster le tir.

Peut-être est-ce précisément le fait de n'avoir qu'un seul but qui me plaît et peut-être suis-je attiré par la vie militaire parce qu'étant moi-même sans blindage et peu armé, j'admire sa vigueur brutale. Mais en tout cas, la vie au 9e lanciers, dans les années qui suivirent immédiatement la Seconde Guerre mondiale, n'était militaire que d'une façon fort peu barbare et la connaissance directe qu'elle me procura de la vie dans un milieu adulte entièrement mâle fut curieusement douce et affable. Le retrait de l'Empire ne faisait alors que commencer, inconsciemment du reste, et bien que nous fussions inévitablement entraînés dans un ou deux des menus conflits qui étaient le lot des impérialistes, il nous restait quand même beaucoup de temps, en Italie, en Égypte ou en Palestine, pour connaître l'aspect familial de la vie militaire.

Car c'était une vie vraiment familiale, de bien des façons, et il y avait quelque chose d'intime et de plaisant dans les mœurs de cette unité. Elle était assez réduite : trente officiers peut-être, et sept cents hommes. Elle était jeune. Elle était malicieuse. Ses membres se connaissaient très bien les uns les autres et ne s'aimaient pas invariablement. L'abîme entre les officiers et les hommes était profond et bien délimité : lorsque, des années plus tard, je revins pour écrire un article sur le licenciement du 9e lanciers, un sergent me dit qu'à son avis le système social anglais avait été l'un des secrets du long succès d'un tel régiment : « Il n'y avait pas d'envie, vous comprenez, c'était dans la nature des choses. » Cependant, je me sentais en dehors de cette petite hiérarchie et j'entretenais avec les hommes placés sous mes ordres des rapports de bon voisinage plutôt que réglementaires; en retour, ils me confiaient des tâches d'ordre intime que, je m'en flatte, ils n'auraient mentionnées devant aucun de mes collègues (dont la plupart, il n'est guère besoin de le dire, auraient accepté de souffrir pour leurs hommes au moins autant que pour eux-mêmes).

Il y avait chez les officiers un très fort sens familial. On sentait à peine qu'on faisait partie d'une armée. On ne tenait pas compte de l'âge et le grade était tacitement reconnu. Aucun officier n'en appelait un autre *Sir*. Le colonel était colonel Jack ou colonel Tony. Tous les autres étaient connus sous leurs noms de baptême. Entre eux, la courtoisie n'avait rien de formel, mais était une simple question d'habitude ou de commodité. Ce régiment était composé surtout de professionnels. Les soldats du temps de guerre, comme moi, étaient une petite minorité et beaucoup d'entre eux avaient des liens familiaux avec le 9ᵉ. En conséquence, le sentiment d'un héritage commun unissait les officiers l'un à l'autre et nous donnait à tous l'impression de porter une lance, un plumet, une carabine de cavalerie et une cuirasse. Ces hommes étaient les lanciers de Delhi et, bien que les détails de l'histoire du régiment fussent rien moins que nets pour la plupart d'entre nous, une impression générale de gloire planait encore autour de notre mess (non que quiconque fût assez fruste pour en parler car, s'il y avait une qualité dont on ne craignait pas de faire preuve au 9ᵉ lanciers, c'était la *finesse*).

Le postulat que tous étaient hommes de goût et de bonnes manières pouvait encore, en ce temps-là, former un lien dans une telle compagnie. Le monde anglais ne s'était pas encore défait et un minimum de conformisme allait de soi. « Qui était

Jorrocks? » demanda un jour un candide garçon nouvellement arrivé – à cette époque, tout cavalier avait lu les romans de Robert Surtees. « Qui était *Jorrocks*? répondit en écho une voix incrédule. *Où avez-vous été élevé, mon garçon?* » Personne ne se souciait de savoir si vous poursuiviez des desseins entièrement personnels, mais il était généralement admis que si vous n'aviez pas lu Surtees, si vous n'aimiez pas beaucoup les chevaux, si vous n'étiez pas allé dans une école acceptable et auriez préféré être dans le régiment royal de tanks, vous auriez du moins le bon sens et le bon goût de n'en rien dire. L'exhibitionnisme physique était toléré, l'étalage des connaissances ou des sentiments était mal vu. Le régiment comptait un grand nombre d'hommes remarquablement intelligents, mais le visiteur occasionnel pouvait très bien ne pas s'en apercevoir car leur conversation était délibérément banale et c'était seulement dans l'isolement des entretiens privés que l'on pouvait en goûter la qualité véritable. Il en avait toujours été ainsi : parmi les officiers du 9e lanciers d'autrefois, il y en avait eu un qui avait emporté avec lui son violoncelle pour jouer dans des quatuors d'instruments à cordes pendant l'invasion de la Chine en 1840 et un autre dont il fut dit dans le *Times*, au moment de sa mort dans les années 1950, qu'il avait pris part à une charge de cavalerie, découvert une nouvelle espèce de coquelicot hymalayen et traduit les *Odes* d'Horace en un excellent anglais idiomatique.

J'invite mes lectrices à imaginer ce qu'elles auraient ressenti si, déguisées de façon satisfaisante en jeunes hommes, elles avaient été admises dans cette société mâle fermée et idiosyncratique vers l'âge de dix-huit ans. Car c'était ainsi que je concevais ma situation. L'armée avait confirmé l'intuition que j'avais d'être fondamentalement différent de mes contemporains mâles. Bien qu'aimant beaucoup la compagnie des jeunes filles, je n'avais pas le moindre désir de coucher avec elles et les ambitions sexuelles qui préoccupaient tant les esprits de mes collègues ne me venaient tout simplement pas. Mes propres rêveries libidineuses étaient beaucoup plus vagues et portaient davantage sur les caresses que sur la copulation. Je suppose qu'en réalité, je languissais du désir d'être aimé d'un homme. En ce cas, je réprimais cette pulsion. Quant à ma notion de genre, je savais qu'elle différait autant de celle de mes amis que le fromage de la craie ou le tapage de la grosse caisse d'une sérénade. Je ne pouvais pas partager le besoin pressant qu'est le rut des mâles, ni l'incontestable sentiment de virilité qui liait ces soldats entre eux et avait soutenu leur bravoure à travers tant d'épreuves.

Je pense que, placées dans cette situation, vous

la trouveriez d'abord extraordinairement intéressante. Comme un espion qui s'est introduit dans un camp ennemi plein de courtoisie, ou peut-être comme un invité dans l'un des clubs les plus traditionnels de Londres, vous trouveriez fascinant de pouvoir observer comment fonctionne l'autre moitié du monde. Pour ma part, je pense que j'ai beaucoup appris au 9ᵉ lanciers car, dans ce régiment, je cultivai en moi un intérêt presque anthropologique pour les manières et les attitudes du monde des hommes; assis parmi eux pour ainsi dire à leur insu, je mis au point des techniques d'analyse et d'observation que je devais adapter plus tard au métier d'écrivain. Je me sentais, comme vous vous seriez senties à ma place, totalement séparé et distinct des autres car ce fut alors que je me rendis compte de l'intensité avec laquelle se manifeste la sexualité mâle dans le comportement des hommes, et que je compris à quel point elle me faisait défaut.

Vous auriez l'impression aussi d'être privilégiées. C'était pour moi comme d'avoir la permission d'écouter aux portes. Je commence maintenant à oublier ce que c'est de pouvoir s'asseoir comme un homme parmi d'autres hommes et je ne me retrouverai jamais plus dans cette situation. Mais même à ce moment-là, je sentais que c'était une chance pour moi de pouvoir faire cette expérience. J'étais étonné de les voir partager avec moi leurs manières d'être. Bizarrement, j'étais flatté qu'ils m'acceptent. Il m'arrive parfois, maintenant, d'entendre un groupe d'hommes partager entre eux une plaisanterie ou une expérience qu'il ne leur viendrait pas à l'esprit de partager avec une femme, bien que cette plaisanterie ou cette expérience n'aient rien de spécifiquement égrillard. Et je pense, non sans une perverse nostalgie, qu'autrefois, il y a bien longtemps, sous la tente du mess du 9e lanciers de Sa Majesté, ils l'auraient sans hésiter partagée avec moi.

Mais surtout, vous auriez éprouvé un franc plaisir à avoir tout autour de vous de beaux jeunes gens pleins d'entrain. Je n'en avais pas très clairement conscience en ce temps-là, mais c'était indéniablement ce que j'éprouvais. Gardant encore mon secret, j'étais néanmoins souvent encouragé à un certain laisser-aller car, de temps en temps, je découvrais que des hommes aussi bien que des femmes sentaient parfois intinctivement la féminité cachée en moi. Avec les femmes, cela me donnait une nouvelle aisance car c'était toujours une contrainte pour moi de simuler la galanterie. Avec les hommes, cela me donnait des avantages inattendus. Dans l'armée comme à Lancing, je ne manquais jamais de protecteurs. Si mes livres étaient volés, quelqu'un me les retrouvait. Si j'avais le dessous dans une discussion, quelqu'un prenait mon parti. Si, au camp d'entraînement du corps d'armée des blindés, je n'arrivais pas à faire démarrer ma sacrée moto, je n'avais jamais à appuyer longtemps sur la pédale. A Sandhurst, je partageais une chambre avec un autre cadet qui était toujours disposé, je m'en rends compte maintenant avec un mélancolique regard en arrière, à faire pour moi toutes les corvées; et plus c'était ennuyeux, plus il y mettait d'allégresse. Le pire ne risquait jamais d'arriver, me disais-je avec une certaine complaisance, il se trouvera toujours quelqu'un pour intervenir, pour amortir le choc ou pour me pardonner. Vous connaissez ce sentiment, j'en suis sûr.

Il est rare qu'une telle gentillesse soit véritablement homosexuelle. Je n'avais pas l'air efféminé et je ne me sentais certainement aucun penchant à l'homosexualité. Mais la classe supérieure anglaise, comme je devais le découvrir plus tard de façon plus explicite, était tout imprégnée d'impulsions bisexuelles. Le système des *public schools*, la réserve des manières anglaises, l'aimable tolérance accordée aux originaux et aux excentriques de toutes sortes, toutes ces particularités faisaient que les rapports entre hommes étaient pleins de nuances émotionnelles et de courants secrets. Les grands régiments de cavalerie de l'ancienne armée ne faisaient pas exception et, dans l'ensemble, on y préférait les jeunes officiers alertes et bien de leur personne. Il y avait là un innocent donquichottisme qui était en partie du jeu et s'expliquait aussi, je suppose, par un souci de compensation.

Si jamais les choses allaient au-delà du platonique, je n'en fis pas personnellement l'expérience.

Toujours est-il que cette tendance existait, même au 9e lanciers, chez les lanciers de Delhi, et qu'elle ajoutait de la cordialité et du piquant à la vie militaire. Je me souviens qu'un officier se plaignit un jour à moi de l'épaisseur du cou d'un subordonné, une injuste critique d'esthète, pensai-je, à adresser à un conducteur de char d'assaut parfaitement compétent, et qu'une fois quelques officiers subalternes votèrent entre eux pour établir leur propre classement par ordre de beauté. Naturellement, il leur arrivait parfois de courir les femmes. J'ai accompagné un jour un collègue officier intimidé jusqu'au seuil d'un bordel de Trieste pour sa première excursion dans le demi-monde. Comme il était pâle, à la lueur du lampadaire, la tête tournée vers moi d'un air presque désespéré, en attendant que la porte s'ouvrît, tandis que je m'éloignais dans la nuit! Parfois, ils se pliaient aux conventions, flirtaient avec quelque riche dame grecque à Alexandrie ou assistaient, effarés, aux *exhibitions* de Port-Saïd. Cependant, en général, ils s'amusaient ensemble, vivaient dans une continence surprenante et ils me semblent rétrospectivement avoir été des jeunes gens gentiment naïfs.

Ce fut un plaisir pour moi, vraiment un plaisir, d'aborder le vaste monde en une telle compagnie, ne trouvez-vous pas? En Italie, nous découvrîmes d'abord les agréments du vin et de l'opéra. En Égypte, nous eûmes un échantillon de la société cosmopolite – de cette vie sociale brillante, mouvante du Levant qui donnait encore le ton à Alexandrie avec ses pachas, ses entremetteurs grecs, ses seigneurs du coton et ses imprésarios maltais. En Autriche, nous rencontrâmes pour la première fois la culture d'Europe centrale dont ma mère, qui avait été élevée à Leipzig, était un authentique produit et dont les poèmes et la musique avaient empli la maison de mon enfance. En Palestine, nous fîmes connaissance avec des Arabes intelligents de Jérusalem et fûmes invités à prendre le thé chez des patriotes pleins d'amertume. Ce fut une bien plus grande tournée que n'en firent jamais les milords, et nous étions à peine sortis de l'adolescence. Je me souviens du jour où, arrivant pour la première fois à Port-Saïd et débarquant du transport de troupes qui nous avait amenés d'Italie, j'allai dîner avec un ami dans un restaurant de la ville. « Grands dieux! s'écria-t-il en examinant la carte des vins. Des vins du Rhin! Comme cela va être bon d'y goûter après tant d'années! » J'accueillis avec respect son enthousiasme à ce moment-là mais, en y réfléchissant aujourd'hui, je me rends compte qu'il devait avoir environ seize ans quand il y avait goûté pour la dernière fois.

Je me souviens de certaines de ces soirées avec exactement le même plaisir que, je suppose, une femme prend à évoquer ses premières sorties le soir avec des hommes, dans la délicieuse gaieté de sa jeunesse. Je me souviens par exemple qu'un jour, assis avec un autre jeune officier près de la fenêtre d'un restaurant de Trieste, nous vîmes deux petits gamins qui tentaient d'attirer notre attention à travers la vitre en verre dépoli par ces mimiques de la mendicité pitoyable alors très répandues partout en Europe, frottant leurs petits ventres pour exprimer la faim, essuyant leurs yeux pour simuler les larmes, tendant les mains pour indiquer qu'ils étaient orphelins, soulevant leurs pieds pour nous montrer leurs souliers en lambeaux. Ils ne pouvaient espérer beaucoup de deux jeunes officiers bien nourris assis à l'intérieur, habitués comme ils l'étaient à des aumônes d'une ou deux lires lancées d'un revers de main. Mais pris d'une soudaine lubie généreuse qui me le rendit sympathique, mon compagnon tira de son portefeuille un billet d'une réelle valeur, dix ou peut-être vingt mille lires dans la monnaie en pleine inflation de l'époque, et le leur fit porter par le garçon. Ils le reçurent d'un air stupide. Ils ne pouvaient en croire leurs yeux. Ils le regardaient, le retournaient. Ils se regardaient l'un l'autre et nous regardaient. Et puis, tout d'un coup, ils comprirent ce que l'aubaine avait de miraculeux et, d'un même mouvement, se retournèrent et sautèrent d'un bond dans la rue, riant aux éclats, dansant, sautillant, s'envolant presque, deux petits tourbillons malpropres de jambes, de vêtements qui voletaient et de cheveux broussailleux; ils partirent vers le port en riant à pleines dents et nous les perdîmes de vue.

Et je savoure encore, comme vous savourez peut-être le souvenir de quelque intime lieu de retraite de Chelsea ou de Greenwich Village, le souvenir du pavillon du chasseur de canards de Grado, où les officiers du 9e avaient obtenu le privilège de se rendre. C'était l'endroit le plus accueillant, le plus confortable qu'on puisse imaginer. Nous nous asseyions près du feu, dans la cuisine, pendant que la maîtresse de maison préparait notre repas, buvant de la grappa ou du vin rouge et nous exerçant à parler italien avec le chasseur de canards et, tout autour de nous, les pièces de gibier pendaient la tête en bas à leurs crochets, ce qui donnait à la pièce un air de nature morte et nous faisait nous sentir délicieusement isolés de l'humidité du marécage. Il n'y avait dans la maison que des lampes à pétrole et, quand notre soupe était prête, nous emportions la lampe avec nous dans le salon et nous serrions autour de la table placée contre le mur et recouverte d'une nappe blanche. Notre hôte s'asseyait à califourchon sur une chaise retournée, à côté de nous, pour voir si nous étions bien installés et, plus tard, sa femme venait aussi, quelquefois, en s'essuyant les mains à son tablier, nous souhaiter *buon appetito*. Mais bientôt ils nous laissaient à nous-mêmes avec notre canard rôti et notre vin, et nous restions là à boire, à parler et à manger jusqu'au milieu de la nuit, jusqu'au moment où la lampe se mettait à couler et à puer; alors nous devions à regret sortir en titubant de ce meilleur des clubs, ce Pratts du Veneto, pour remonter dans notre camion et rentrer au camp.

Je me souviens surtout de mes randonnées avec Otto et des soirées que nous passions ensemble, car je l'aimais. La moitié de l'armée le connaissait. Il était l'un de nos grands excentriques. Ses origines étaient mystérieuses; il parlait couramment allemand, il avait fait un court séjour à l'Académie militaire de Potsdam et se flattait d'avoir un oncle maternel qui avait été maréchal allemand sur le front russe. Ce qui était sûr, c'est qu'il disposait d'un appartement à Vienne, qu'il prêtait généreusement à ses amis et où, prétendait-il, une princesse de Habsbourg vieillissante avait coutume de regarder par le trou de la serrure les sveltes jeunes Anglais dans leur baignoire. Otto bégayait légèrement et était très courageux : il avait gagné une Military Cross pour des exploits de jeunesse dans les tanks de déminage, des machines démoniaques qui avançaient à travers des champs de mines en faisant tournoyer des chaînes d'acier devant elles, de façon à nettoyer un passage pour les blindés et l'infanterie qui les suivaient. C'était un homme petit et mince, qui marchait courbé, plus penché d'un côté que de l'autre, comme s'il y avait eu quelque chose de défectueux dans son système de locomotion; son expression était surtout railleuse. J'ai un portrait de lui sous les yeux en ce moment, une photographie des officiers du 9e lanciers prise le 6 mai 1945, le dernier jour de leur longue guerre; parmi tous ces visages hâlés et vigoureux de jeunes Anglais souriant à la victoire, le sien est projeté en avant d'un air belliqueux et à demi plongé dans l'ombre, ce qui est bien caractéristique de l'homme qu'il était; il est légèrement voûté, comme à mi-chemin d'un haussement d'épaules.

Otto ne resta pas longtemps au 9e lanciers après la guerre, mais passa à des fonctions militaires non régimentaires plus à son goût. J'ai eu de temps en temps de ses nouvelles : il commandait quelque part une unité de muletiers, il avait accepté une mission presque impossible en Malaisie; finalement, il reparut comme officier des Trucial Oman Scouts * dans le golfe Persique où, alors qu'il poussait brutalement, bien que ce ne fût pas dans sa manière, un dissident arabe prisonnier à l'arrière d'un camion, il fut poignardé à cause de ce manque d'égards et mourut de sa blessure. Il mourut comme il avait vécu, de façon

* Armée semi-privée, mi-britannique et mi-arabe. *(N.d.T.)*

originale; mais, bien que je rencontre souvent des gens qui se souviennent de lui, personne ne semble savoir grand-chose de sa vie privée et l'on parle encore d'Otto avec une affection indécise et vaguement cynique.

Quand je l'ai connu, il était jeune et plein d'un charme sombre. J'aimais l'étincelle de perversité qui demeurait cachée derrière ses plaisanteries et était probablement trompeuse. J'aimais son goût affiché pour les mœurs dissolues et pour ce qui était louche, goût qui amenait certains de nos collègues plus convenables mis en présence, à table, de quelque épouvantable révélation, à réagir par un : « Otto! *vraiment!* » prononcé d'une voix étouffée. Otto était une sorte d'émissaire venu d'autres existences extérieures à notre milieu; je trouvais en lui un avant-goût de la vie telle qu'elle pourrait être lorsque, libéré des contraintes militaires, je pourrais acquérir un style de vie et des manières bien à moi. Comme officier de renseignement, j'avais une jeep et l'autorisation d'errer au loin à travers les pays du Croissant fertile, du Caire du Kurdistan. Otto m'accompagnait dans beaucoup de ces longs voyages, emportant avec lui son whisky et son répertoire de citations d'Omar Khayyam, et m'enseignait les ruses de la vie dans le désert, qu'il tenait de sa longue expérience de la guerre en Afrique.

En même temps, il était pour moi, plus qu'aucun autre dans ce régiment, l'exemple de la fraternité de club qui me tentait, me repoussait et m'attirait tout à la fois; car bien que ses préjugés fussent effrontés et ses manières tout à fait personnelles, qu'il parlât à un général ou à un caporal, à un savant juif ou à un serf arabe, à un aristocrate au palais Grimani ou à un chasseur de canards des marais de Grado, il s'adressait à eux dans un vocabulaire qu'ils comprenaient et acceptaient aussitôt. Il savait qu'ils seraient sur sa longueur d'onde, dans le registre viril. Je l'observais avec une admiration mélancolique et parfois je surprenais dans son regard, pendant qu'il échangeait des plaisanteries avec un serveur ou des insultes avec un agent de police du Caire, une lueur complice. Un jour, tard dans la nuit, dans la zone du canal de Suez, qui était alors une enclave britannique, on nous ramena à travers la campagne au camp de Qassassin. C'était une de ces stupéfiantes nuits étoilées de l'hiver égyptien où l'air sent seulement le sable et la sécheresse, où le ciel paraît si tendu que vous pourriez le couper et où un froid vif fait frissonner votre corps et s'élever votre âme. Otto et moi nous tenions debout à l'arrière du camion découvert, pour le plaisir de la promenade, appuyés au toit de la cabine et, tout en cahotant à travers l'immense désert, nous nous rapprochâmes l'un de l'autre pour nous tenir chaud et il jeta une capote sur nos épaules. Nous roulâmes ainsi un certain temps en silence, le camion vibrait et nous secouait, puis Otto parla :

– D-D-Dieu, dit-il, comme je voudrais que tu sois une femme.

Il n'y eut pas de réponse de ma part, pendant que défilait la nuit. Mais, mon Dieu, comme je voudrais lui répondre aujourd'hui.

Tel fut mon substitut à une adolescence féminine, incomplet mais riche de compensations, et ce conflit de sensibilités, en moi et hors de moi, allait dominer ma vie émotionnelle pour toujours. J'aimais l'armée mais je ne pouvais vraiment en faire partie. Je prenais plaisir à mes excursions dans cette société de mâles, mais je savais que je ne pouvais pas y rester. Et tandis que, comme je l'ai dit, j'appréciais le rôle d'observateur et songeais déjà, en fait, à en faire une profession, je me languissais parfois d'être tout à fait à ma place *quelque part*. Exactement comme, en possession des deux décors de mon enfance, j'avais senti que je n'appartenais à aucun, je sentais maintenant que je n'appartenais à aucun secteur de l'humanité. C'est une belle chose d'être indépendant dans la vie, et une fière sensation de se savoir unique; mais la personne qui se suffit totalement à elle-même, qui est totalement détachée de ses prétendus semblables, peut en arriver à avoir l'impression que la réalité elle-même est une illusion –

exactement comme les pauvres condamnés, dans le système pénitentiaire du XIXe siècle, si isolés de leurs camarades qu'il ne leur était jamais permis de voir ou d'entendre un autre être humain des années durant, perdaient parfois toute conscience de leur propre existence et devenaient des non-personnes, même à leurs propres yeux.

5

Identité - en guise de précédents - le Dr Benjamin - modifier le corps!

Ce n'est que rétrospectivement que je me compare à ces prisonniers engourdis et aliénés. J'étais si allègre à bien des égards dans ma jeunesse, je profitais de tant d'avantages, que mon conflit intérieur n'éclatait pas mais plutôt s'infectait. J'étais sujet à des périodes de dépression mélancolique qui devenaient de plus en plus pénibles à mesure que passaient les années mais, en général, je voyais le bon côté de tout et je m'en tenais à l'opinion, qui est encore la mienne aujourd'hui, que l'auto-analyse est souvent une erreur et ne fait que nous conduire vers des labyrinthes de méditation stérile et sans fin. Je ne mettais pas en question mon état, ni n'en cherchais les raisons. Je savais très bien que ma conviction était irrationnelle. Je n'étais pas atteint de psychose et probablement pas plus névrosé que la plupart d'entre nous, mais ma conviction était là, je la savais vraie et, si une telle chose était impossible, alors la définition du possible était insuffisante.

Je comprends maintenant que, comme les prisonniers silencieux, j'étais en réalité privé d'identité. C'est un mot à la mode dont je me suis longtemps méfié, qui masque souvent des idées confuses et une pensée paresseuse. C'est un mot nébuleux; le *Oxford Dictionary* lui-même n'est pas sûr de son origine et en donne une définition pragmatique. Je lui ai rendu mon estime, cependant, il n'y a pas longtemps, à cause d'un passage de *Eothen*, le chef-d'œuvre de mon maître en littérature Alexander Kinglake, dans lequel il discute de l'effet sur un voyageur d'un voyage en Orient. Quand Kinglake pensait à l'identité, compris-je, il pensait à la totalité de la personnalité, à la façon dont les autres le voyaient, à ce que lui-même considérait qu'il était, à son statut dans le monde, à ses antécédents, ses goûts, sa profession, ses projets. Il y pensait, j'en suis sûre, comme à une entité – à ce que l'on est en fait. Le dictionnaire aussi apparente l'identité à l'unicité, « aux conditions et aux faits qui font qu'une personne ou une chose est elle-même et non pas quelque chose d'autre ».

Beaucoup de gens, quand je leur dis que je suis en train d'écrire ce livre, expriment l'espoir qu'il éclairera le « mystère de l'identité », ou la « quête de l'identité »; ils se représentent la condition humaine comme un microcosme des vérités universelles. Je ne pense pas, cependant, en termes aussi cosmiques. Je conçois l'identité comme l'avait conçue Kinglake et je me rends compte que la cause principale de mon anxiété était que je n'en avais pas. Je n'étais pas pour les autres ce que j'étais pour moi-même. Je ne me conformais pas à la définition du dictionnaire : « soi-même et non pas quelque chose d'autre ».

Le caractère absolu de ma conviction ne faisait que susciter d'autres questions. Comment pouvais-je être sûr de ma pénible condition? Je pensais éprouver les sentiments d'une femme, mais comment pouvais-je savoir ce que ressent une femme? Que voulais-je dire quand je disais que j'étais du genre féminin? S'agissait-il d'une affaire personnelle, ou bien y avait-il des confusions d'identité qui allaient au-delà du freudien ou du pathologique, qui avaient leurs racines dans l'état du monde? Nous vivions dans une époque crépusculaire. Des forces anciennes étaient en train de mourir tandis que de nouvelles énergies émergeaient. Des modèles qu'on avait cru permanents sombraient dans le chaos. D'étranges idées poussaient partout. Se pouvait-il que je sois simplement un signe des temps, peut-être un précurseur d'une race où les sexes se fondraient en un seul, comme chez les amibes? Le monde se rétrécissait rapidement et ses divisions politiques et sociales s'atténueraient inévitablement. Confrontée finalement à son insignifiance à l'échelle de l'univers, se pourrait-il que l'humanité abolisse aussi ses divisions sexuelles? Était-ce là ce qui me tracassait? Ou bien existait-il quelque panacée chimique dispensée par le pharmacien du coin dans le cadre des lois sur la Santé nationale, à prendre de préférence dans un verre d'eau et qui, en un rien de temps, me rendrait pareil à tous les autres?

Quand je quittai l'armée, je résolus de m'étudier plus en profondeur. La mythologie, et aussi l'histoire, je le découvris, étaient pleines, sinon de précédents, du moins de cas analogues : d'hommes qui avaient vécu comme des femmes, de femmes qui avaient vécu comme des hommes, d'hermaphrodites, de travestis, de narcissistes, sans parler des homosexuels et des bisexuels. La constitution sexuelle n'a pas de normes et presque personne n'a jamais été conformé exactement selon les critères conventionnels du mâle et de la femelle. Dans tous les siècles, l'idée d'ambivalence sexuelle a fasciné les poètes et les fabricants de mythes, et cette idée a également joué son rôle dans les grandes religions. Dieu, dit le chroniqueur juif, créa l'homme à sa propre image androgyne – « mâle et femelle il les créa », car en lui les deux étaient réunis. Mahomet, à son second passage, dit la légende islamique, naîtra d'un mâle. Chez les chrétiens, Paul assura aux Galates fourvoyés qu'il n'existait rien qu'on puisse appeler mâle et femelle, « les deux formant une seule personne en Jésus-Christ ». Le panthéon hindou est fréquenté par des divinités qui sont à la fois mâle et femelle et la mythologie grecque aussi est pleine d'équivoques sexuelles représentées sous forme de créatures divines unissant en elles la force et la tendresse, l'orgueil et la douceur, la violence et la grâce, mêlant superbement toutes les notions que nous exprimons en termes de masculin et de féminin.

Ce fut, je crois, le XVIIIe siècle qui imposa le premier à la civilisation occidentale les conceptions rigides de virilité et de féminité et rendit en quelque sorte horrifique l'idée de fluidité sexuelle. Peut-être cette façon de voir eut-elle son origine dans le protestantisme dont la fidélité au principe patriarcal était telle qu'il interdisait même le culte de la Vierge Marie. Les siècles précédents n'exigeaient certainement pas que le mâle fût inflexiblement viril ou que la femme fût constamment réservée, les comédies de Shakespeare le démontrent avec bonheur. Il y avait plus de souplesse en ce temps-là, semble-t-il, les sexes se mêlaient librement et aisément et le mot « viril » n'avait pas encore acquis sa connotation intolérante, cette allusion aux bains froids et aux réunions au fumoir que les victoriens allaient lui donner (dans des formes plus anciennes, qu'ils abandonnèrent, le mot signifiait simplement « accessible à des sentiments humains »).

D'autres cultures aussi, anciennes et contemporaines, ont franchement admis l'existence d'un *no man's land* entre les catégories mâle et femelle, et ont permis aux gens de l'habiter sans honte. Les Phrygiens d'Anatolie, par exemple, castraient les hommes qui se sentaient femelles et leur permettaient ensuite de jouer le rôle de la femme; et Juvénal, en observant certains de ses concitoyens, pensa que le même projet pourrait être adopté à Rome : « *Pourquoi attendre? N'est-il pas temps pour eux d'essayer la coutume phrygienne et d'aller jusqu'au bout – de prendre un couteau et de couper ce morceau de chair superflu?* » Hippocrate signale l'existence de « non-hommes » chez les Scythes : ils se comportaient comme des femmes, faisaient des travaux de femmes et, en général, étaient supposés avoir été féminisés par une intervention divine. Dans l'ancienne Alexandrie, nous lisons qu'il existait « des hommes qui n'avaient pas honte d'employer n'importe quel procédé pour changer artificiellement leur nature mâle en nature femelle » – y compris l'amputation de leurs organes mâles.

Chez des populations plus primitives, rapporte Sir James Frazer dans *Le Rameau d'Or*, « il existe une coutume très répandue... selon laquelle certains hommes s'habillent en femmes et agissent comme des femmes toute leur vie. Souvent ils sont désignés et préparés à leur vocation dès l'enfance ». Les Sarombavy de Madagascar, par exemple, oubliaient leur sexe d'origine et se considéraient comme entièrement féminins. Les « hommes mous », chez les Esquimaux Chukchees, se voyaient assigner leur prétendu sexe par les anciens, dès l'enfance, épousaient des hommes et vivaient comme des femmes tout le reste de leur vie. Nous apprenons que des sorciers des Andes étaient obligés par la coutume tribale de changer de rôle sexuel; que, chez les Indiens Mohaves, de jeunes garçons étaient publiquement initiés à la condition féminine, que de jeunes Tahitiens étaient encouragés dans leur enfance à se concevoir comme des membres du sexe opposé. Si, chez les Occidentaux modernes, l'idée de changer de sexe a paru, du moins jusqu'à une période récente, monstrueuse, absurde ou impie, chez des peuples plus simples, elle a souvent été considérée comme un moyen d'accès à l'omniscience divine, une marque d'originalité. Être entre les sexes n'était pas une honte, mais un privilège qui s'accompagnait souvent de la possession de pouvoirs surnaturels et de l'aptitude à la fonction de prêtre.

Je lus ces nouvelles de mondes antiques ou lointains, vous pouvez l'imaginer, avec envie et approbation et j'appris aussi avec sympathie que des personnages plus proches s'étaient trouvés écartelés entre l'un et l'autre sexes. Il y avait le pauvre abbé de Choisy, clerc bien connu en littérature et diplomate français du XVIIIe siècle, qui avait l'habitude de recevoir ses visiteurs dans sa chambre à coucher, paré de façon aguichante de plumes et de satin et qui, à mesure que les années passaient, que son corps s'épaississait et que ses traits se durcissaient, devint de plus en plus ridicule. Ou bien le célèbre chevalier d'Éon qui, ayant pris goût à la vie féminine au cours d'un bal masqué en Russie, reçut finalement de son roi et de son gouvernement l'ordre de vivre comme une femme le reste de sa vie – c'était aussi un soldat, ce qui me le rendit plus cher, et un être d'une charmante sensibilité. Ces gens-là ne croyaient probablement pas vraiment *être* des femmes, comme moi, ni ne souhaitaient vraiment modifier leurs corps. Ils trouvaient simplement agréable, commode ou nécessaire de jouer des rôles de femmes. Cependant je sentais, tandis que je cherchais à tâtons leur présence dans des mémoires et des notes historiques, que s'ils ne partageaient pas tout à fait mon sort, du moins ils m'auraient compris.

La première confirmation que je trouvai qu'il y avait d'autres personnes dans le monde exactement dans la même situation que moi se présenta à moi un jour à Ludlow, ce parfait exemple de la ville-marché anglaise avec son château et son église de paroisse, ses maisons à colombages et son boucher en canotier. Là, par un soir d'hiver, je découvris, vendu à moitié prix et exposé dans une obscurité propice sur un haut rayonnage du fond de la boutique, un livre intitulé *Un homme transformé en femme : récit authentique d'un changement de sexe.* Quelle gêne torturante j'éprouvai en me dirigeant obliquement vers ce volume! Tout semblait si *sain* dans ce petit magasin. Les joues étaient si roses, les chaussures si bien cirées, les bavardages dans l'angle de la boutique portaient sur les classes de danse, la grippe ou le manque de brocolis. *Country Life* et *The Autocar* étaient les périodiques les plus osés du comptoir des revues et j'aurais parié que sur les rayons à livres Howard Spring était l'auteur le mieux représenté. Grand Dieu, j'étais moi-même l'image de la santé, encore vêtu de ma tenue d'hiver, timide comme le sont les jeunes Anglais et venant tout juste, par hasard, de rendre visite à un vieil ami de la famille, à Richard's Castle. Mais je m'armai de courage, m'avançai de biais, saisis le volume d'une main tremblante et le présentai à la vendeuse – qui, comme je saurais maintenant le prévoir, le prit et l'enveloppa sans le regarder, car s'il est une chose à laquelle les employés des libraires refusent par principe de s'intéresser le moins du monde, c'est les livres.

Un homme transformé en femme racontait la douloureuse histoire d'un peintre danois, Einar Wegener, qui s'était mis à se concevoir comme deux êtres distincts, l'un mâle, l'autre femelle, ce qui n'était pas tout à fait mon cas, car je croyais être une seule personne revêtue d'une forme étrangère. Cependant, il était beaucoup plus proche de moi que le pauvre vieil abbé de Choisy tout poudré, ou que les sorciers invertis du Pérou.

Hanté et plus tard obsédé par cette idée, après des années de confusion et de malheur, Wegener se rendit, en 1930, à la clinique d'un pionnier en sexologie de Dresde et là, au cours d'une série d'opérations, il fut débarrassé de ses organes mâles et l'on tenta de lui mettre à la place des organes femelles. A l'époque, on ne savait rien sur les hormones et les chirurgiens essayèrent de transplanter des ovaires dans son corps. Mais, bien que pendant un certain temps, il eût pu vivre assez heureux sous sa nouvelle apparence et abandonner complètement son rôle de mâle, ce moment de libération fut bref. « Il est délicieux, écrivit-il de la clinique pour femmes de Dresde, d'être une femme parmi d'autres femmes, d'être une créature féminine exactement pareille aux autres. » Mais dès l'année suivante, il mourut et fut enterré à Dresde sous le nom de Lili Elbe. Je ne connais pas d'histoire plus triste. Non seulement Wegener perdit la santé et finalement la vie mais, après l'opération chirurgicale dans la clinique de Dresde, jamais plus il ne peignit un tableau jusqu'au jour de sa mort.

Pourtant, si étonnant que cela puisse vous paraître, cette histoire me donna de l'espoir. Je n'étais pas seul. « *Et faites, mon Dieu, que je sois une fille* », j'avais fait cette prière d'innombrables soirs et je faisais encore le même souhait chaque fois que je voyais une étoile filante, gagnais en cassant l'os des souhaits ou allais visiter une source miraculeuse. Peut-être cela pouvait-il encore se produire. Avec Einar Wegener, ce fut un échec; avec moi, cela pourrait réussir. Et même si cela signifiait pour moi, comme pour lui, seulement quelques mois d'accomplissement, cela ne valait-il pas la peine? Car je n'avais guère plus de vingt ans et, plus j'avançais en âge, plus je me rendais compte avec consternation, quand je me laissais aller à la mélancolie, que je préférerais mourir jeune plutôt que vivre une longue vie de mensonge. Vous vous demandez peut-être : un mensonge envers qui? puisque j'étais selon toute apparence et sans erreur possible un homme. Un mensonge envers moi.

Je m'engageai sur les longs sentiers battus des consultations coûteuses et stériles chez les psychiatres et les sexologues de Harley Street; je les vis l'un après l'autre, trouvant leurs noms sur leurs ouvrages publiés ou renvoyé de l'un à l'autre. Aucun d'eux en ce temps-là, je m'en rends compte maintenant, ne savait quoi que ce soit sur le sujet, bien qu'aucun ne le reconnût. Certains se débarrassèrent de moi avec des conseils d'oncle. Certains m'ordonnèrent des analyses de sang ou d'urine. Certains m'assurèrent que cela me passerait. L'un suggéra gentiment que je me confie à lui pour une analyse complète qui durerait plusieurs mois – invitation que j'eus la sagesse de décliner car, en fait, pas un seul être de ma condition n'a jamais, dans toute l'histoire de la psychiatrie, été « guéri » par la science.

Je me rends compte que, dans l'état des connaissances médicales d'alors, il devait être déconcertant d'être confronté avec un jeune homme visiblement en bonne santé et évidemment sain d'esprit qui déclarait, en dépit de tous les signes physiques apparents, qu'il était en réalité une femme – d'autant que je ne cherchais pas un instant à être dissuadé de cette croyance mais souhaitais seulement la voir confirmer. La psychiatrie britannique était traditionnellement portée à penser que les désordres mentaux avaient des explications physiques et elle ne recourait qu'à regret à des interprétations purement psychologiques. Mais j'allais plus loin encore, j'affirmais avec insistance que mon dilemme avait des origines que ni le divan ni les drogues ne pourraient isoler, à plus forte raison enlever. J'affirmais que mes fantasmes étaient vrais, qu'un fantasme pouvait être, en fait, une réalité. Même maintenant, les praticiens britanniques semblent rarement saisir ce que je veux dire par là et considèrent le traitement des transsexuels simplement comme « un moyen de les rendre capables de vivre avec leur illusion ». En ce temps-là, ils étaient encore plus inflexibles et je revois les visages de certains de ces docteurs qui, lorsqu'ils me demandaient de décrire mes symptômes, ne cherchaient qu'à gagner du temps et à justifier leurs honoraires.

Ne se pouvait-il pas que je fusse tout simplement un travesti, me demandaient-ils parfois, une personne qui trouvait un plaisir sexuel à porter les vêtements du sexe opposé, et une pratique rare et inoffensive de cette manie ne suffirait-elle pas à satisfaire mes, heu, quelque peu confuses pulsions? D'autre part, étais-je bien sûr de n'être pas un homosexuel réprimé, comme tant d'autres? Sûrement, de nos jours, personne ne me blâmerait de laisser pousser un peu mes cheveux – « Portez quelque chose d'un peu voyant, vous voyez ce que je veux dire, laissez votre *véritable* personnalité émerger, ne la cachez pas! » Quelqu'un m'organisa même un tête-à-tête avec un homosexuel très civilisé, propriétaire d'une galerie d'art à Londres, dont la compagnie, croyait-on, pourrait me réconcilier avec ma condition : nous eûmes un déjeuner difficile et il fit de l'œil au sommelier par-dessus la salade de fruits.

Mais rien de tout cela ne me convenait. Je ne me considérais pas comme un homosexuel. Je n'enviais aux femmes leurs vêtements qu'à titre de signe extérieur de leur féminité. La première personne que je rencontrai et qui parut comprendre quelque chose à mon cas fut le docteur Harry Benjamin de New York, qui avait une clinique à Park Avenue où, las de lutter, je me rendis finalement. Le docteur Benjamin avait alors dépassé la soixantaine, je crois, et ressemblait à un gnome blanc : cheveux blancs, veston blanc, visage blanc. Il paraissait trop petit pour son bureau et il parlait avec un accent viennois cultivé, comme un psychiatre dans un film :

– Asseyez-vous, asseyez-vous... dites-moi tout sur vous-même. Vous croyez être une femme? Naturellement, je comprends parfaitement. Dites-moi quelque chose à ce sujet – du calme, du calme – allons, parlez, parlez...

Je lui dis tout et ce fut de lui que j'appris quel avenir m'attendait.

Le docteur Benjamin, qui était endocrinologue, était venu tard à l'étude des anxiétés d'origine sexuelle et, dans les années 1950, était plongé dans le problème de la confusion des genres. Ce fut lui qui, le premier, reconnut l'existence, dans le donjon intérieur du sexe, de gens comme moi – de gens dont les problèmes sont enracinés si profond que ni les remèdes physiques, ni même la psychiatrie curative ne peuvent rien pour eux, de gens qui semblent au-delà de tout diagnostic et de tout traitement. Ce fut le docteur Benjamin qui, le premier, nous appela des transsexuels et c'est à lui plus qu'à quiconque nous devons l'élucidation de notre cas douloureux. Au cours des vingt dernières années, dans de nombreux pays, des spécialistes ont consacré leurs efforts à chercher la solution de ce problème, mais personne n'en a, je crois, exposé plus clairement que lui les données, sinon suggéré le remède. Il a examiné tous les aspects de notre état et n'en connaît franchement pas la cause; ce qu'il sait c'est qu'aucun transsexuel n'a encore été amené par la persuasion, la force brutale, les médicaments, l'analyse, l'humiliation, le ridicule ou le traitement aux électrochocs à accepter son physique. C'est un état immuable.

– Aussi je me demande si, par charité ou au nom du bon sens, puisque nous ne pouvons pas modifier la conviction pour l'adapter au corps, si nous ne devrions pas, en certaines circonstances, modifier le corps pour l'adapter à la conviction.

Modifier le corps! Bien sûr, c'était ce que j'avais espéré, ce pour quoi j'avais prié et jeté des pièces de trois pennies dans des puits de vœux toute ma vie. Pourtant, l'entendre suggérer véritablement, par un homme en veste blanche, dans un cabinet médical, me fit l'effet d'un miracle, car cette idée contenait alors pour moi, comme elle contient encore aujourd'hui à mes yeux, une implication de sorcellerie. Modifier le corps! Éliminer ces organes superflus, comme les Phrygiens d'autrefois, me purifier de cette erreur, recommencer, retrouver un peu de cette blancheur immaculée qui m'imprégnait jadis quand je chantais les psaumes à Oxford! Modifier le corps! Assortir enfin mon sexe à mon genre, faire de moi un tout!

J'étais arrivé moi-même à la conclusion que le sexe n'était pas une division, mais un continuum, que presque personne n'était complètement d'un sexe ou de l'autre et que l'infinie variété de nuances entre les deux extrêmes était l'un des plus merveilleux phénomènes de la nature. Le sexe était comme un indicateur biologique mais la jauge sur laquelle il oscillait était cet élément très différent, le genre. Si le sexe était une question de glandes ou de valves, le genre était psychologique, culturel ou, selon ma propre façon de voir, spirituel. Si le sexe de quelqu'un, raisonnais-je, tombe au bon endroit sur le cadran des genres, fort bien; s'il tombe de façon anormale, trop loin dans un sens ou dans l'autre, alors c'est la confusion. Mais si l'on ne peut pas déplacer le cadran, on peut sûrement faire bouger l'aiguille indicatrice. Le genre pourrait être au-delà de toute définition que la science sexuelle soit capable de concevoir.

Modifier le corps! Ainsi, il y avait vraiment une possibilité pour moi, comme il y en avait eu une environ trente ans plus tôt pour le pauvre Einar. Une possibilité plus effective car, aujourd'hui, les hormones sexuelles avaient été identifiées et, même sans chirurgie, on pouvait faire apparaître les caractères sexuels secondaires : la barbe chez la femme, des seins chez les hommes, la finesse d'un côté, des muscles de l'autre. Mais modifier le corps devait être considéré comme une dernière ressource, me conseilla le docteur Benjamin. Dans ce qui m'apparaissait comme magique, l'ensemble de l'humanité verrait un dénouement effrayant.

– Essayez de conduire votre vie en homme, me suggéra-t-il. Tâchez de tenir bon. Faites de votre mieux. Essayez de réaliser un équilibre, c'est la meilleure voie. Soyez calme!

J'acceptai ce conseil car je pensais qu'il devait y avoir des éléments de mon dilemme que même lui ne pouvait percevoir. Peut-être ce conflit entre le sexe et le genre était-il un aspect déterminant de mon moi; alors intervenir dans ce mécanisme serait prendre des risques au sujet de ma personnalité? Peut-être était-ce une cause de mes dons? Peut-être si, comme il m'arrivait parfois de le penser, je n'étais rien de plus qu'une parabole vivante de notre temps, me transformer serait faire avorter le message – faire avorter, au double sens du terme, la réalité elle-même? Car, alors que je n'avais aucun doute sur ce qu'était mon moi essentiel, je voyais bien que, pour la plupart des gens, une réalité contraire était tout aussi vraie.

Ciel, quel inextricable mélange j'étais, pensai-je en grimaçant : deux personnes en une, deux vérités, l'époque sublimée, la réalité avortée! Pourtant, comme je me conduisais avec aisance dans la vie, comme ma plume était rapide, quoique superficielle, comme mes soucis matériels étaient rares! C'était au point que les gens disaient que j'étais né coiffé et me demandaient conseil! Mon grand-père soutenait que l'essayiste E. V. Lucas, une de nos relations, aurait été un bon écrivain si seulement il avait eu des obstacles à surmonter, et certaines personnes pensaient la même chose de moi. En fait, j'étais assombri par l'indécision et l'anxiété. Parfois, j'envisageais le suicide ou, plus exactement, j'espérais que quelque accident imprévu et indolore agirait à ma place, ferait en douceur table rase de ma vie. Un jour enfin, à bout de résistance, j'allai demander à un docteur de Londres s'il était possible de me traiter aux hormones femelles. Je pensais que féminiser jusqu'à un certain point mon corps, sans qu'intervienne la chirurgie avec son caractère définitif, pourrait apaiser mes conflits – une solution intermédiaire, pensais-je, sera mieux que rien, quoique insuffisante.

Un rendez-vous fut pris pour moi avec un endocrinologue de Londres et je revins d'Italie pour m'y rendre. Comme je pensais que l'événement était pour moi décisif, je m'en souviens avec précision. Londres offrait aux yeux cette vision rehaussée d'elle-même que l'on a toujours quand on rentre d'un séjour à l'étranger : les autobus étaient plus rouges que je ne croyais, les chauffeurs de taxis plus cockneys et tout était plus profondément imprégné de cette âcreté particulière à notre capitale. Même la lumière qui entrait à travers la fenêtre de la salle de consultation était plus que de raison londonienne, plus laiteuse que la lumière italienne et chargée de flocons de poussière des quartiers de l'ouest. Sur ce fond, regardant par la fenêtre, se tenait l'homme des glandes et, quand j'entrai dans la pièce, il se tourna vers moi d'un air grave et plutôt timide. Il avait l'allure, me sembla-t-il, d'un colonel anglais ayant vécu en Inde, grand, roux et d'une propreté extrême. Il ne s'assit pas.

– Vous vous rendez bien compte, n'est-ce pas, demanda-t-il, de ce que nous pouvons et ne pouvons pas faire pour vous? Nous pouvons contrer vos hormones mâles par des hormones femelles, mais nous ne pouvons pas arrêter leur production. Nous pouvons féminiser considérablement votre corps, mais naturellement vos organes génitaux resteront et il y a toujours le risque de les atrophier. Ce qu'il en résultera pour votre personnalité ou votre talent, nous ne pouvons le dire. C'est une grave décision à prendre, mais il faut qu'elle vienne de vous. Vous savez vraiment ce que vous faites?

Je ne le savais pas, mais je rentrai chez moi avec une boîte de comprimés d'œstrogènes et, plusieurs soirs de suite, j'en pris un au moment d'aller me coucher. Ils me laissèrent un goût de sécheresse dans la bouche et, de plus, me donnèrent de mauvais rêves. J'avais fait, à titre d'essai, un premier pas dans une longue et étrange voie, mais je décidai finalement de suivre encore un peu le conseil du docteur Benjamin et de mettre de côté les comprimés – dans le tiroir du bas, pour ainsi dire, ou plutôt enfermés dans mon cœur, comme le secret de Marie (en fait, n'étant pas sûr de ma résolution, je les jetai dans des toilettes, à Venise, et tirai la chasse d'eau).

6

« Zéro! »

Vous êtes sans doute en train de vous demander, surtout si vous êtes un homme : « Et le sexe, pendant ce temps-là? » En quittant l'armée, j'étais retourné à Oxford, et puis j'avais fait mes débuts dans le journalisme et, comme correspondant étranger itinérant, je m'étais assuré, dans le choix de mon style de vie, la liberté que j'avais envisagée en compagnie d'Otto. J'étais effectivement mon propre maître, je voyageais à ma guise et je parcourais le monde des îles Fidji à Dawson City. J'étais assis au Harry's Bar, à Venise, lorsque j'entendis, un jour, un touriste américain demander au barman où il pourrait trouver une « fille ».

– Mon score actuel, dit-il avec dépit, est très exactement zéro-*zéro*!

Je ne pus m'empêcher de penser combien cet homme serait épuisé s'il devait partager mon genre de vie, s'il était chaque jour libre d'aller où il voulait et d'imaginer ce qu'il voulait, et combien il devait se sentir incompétent pour en être réduit à demander des renseignements au barman.

L'une des surprises sincères et toujours renouvelées de ma vie vient de l'importance que les hommes accordent à la sexualité physique. J'étais resté perplexe en laissant mon pauvre ami nerveux et craintif à la porte du bordel de Trieste alors qu'il aurait pu passer un bien meilleur moment, j'en étais sûr, en allant au cinéma. J'avais été stupéfait de voir Bolsover et ses semblables transformer nos agréables rendez-vous en assauts frénétiques. Et même maintenant que je suis beaucoup plus âgée et riche d'expérience, je suis décontenancée par l'âpreté avec laquelle des hommes mûrs, bienveillants et cultivés, lorsqu'ils lisent les épreuves de ce livre, y recherchent des révélations sur l'acte sexuel. Même les plus sensibles de mes amis, j'ai mis longtemps à le comprendre, des amis qui suivent le déroulement de ma vie avec une véritable sollicitude, ont en général été bien plus intéressés par ma sexualité que par mon psychisme.

Naturellement, le sexe nous intéresse tous, surtout quand nous sommes jeunes et, naturellement, il y a beaucoup d'hommes dans la vie desquels le sexe ne joue qu'un rôle modéré, de même qu'il y a beaucoup de femmes qui sont obsédées par ces problèmes. Mais la plupart des hommes que je connais trouvent difficile de distinguer entre le sexe et le genre, ou peut-être entre le sexe et le moi, et d'autre part leurs instincts les plus profonds, quoique réprimés, les portent vers la polygamie ou la promiscuité. Convaincue *a priori*, comme je le suis, du droit absolu que n'importe qui a de faire n'importe quoi, pourvu qu'il n'en résulte aucun mal pour personne, je trouve ces penchants excessifs pour la sexualité amusants à observer, surtout quand ils se manifestent de façon incongrue. Il y a quelque chose d'aimablement comique dans le spectacle du gentleman anglais, par exemple, abandonnant les plaisirs raffinés dont il dispose chez lui, sa femme qui l'adore, ses enfants qui raffolent de lui, ses livres et ses tableaux, sa musique et ses vins, les ressources intérieures que lui a données une éducation magnifique, les avantages extérieurs d'une fortune personnelle, pour les délices apparemment encore plus attirantes d'une soirée en compagnie d'un pute souillonne et rougeaude de Paddington! C'est là un comportement qui me semble nettement excentrique, mais une longue expérience m'a enseigné que le plus honorable de vos amis mâles, le plus charmant des maris, est tout à fait capable de se lancer un soir dans ce genre d'aventure.

Mais, à moi, l'accomplissement de l'acte sexuel me semblait d'une importance et d'un intérêt secondaire. Je soupçonne qu'il en est ainsi pour la plupart des femmes, et probablement pour beaucoup d'hommes aussi, mais dans mon cas, c'était en partie dû à un choix. J'avais le sentiment que mon corps n'était pas vraiment le mien et cela m'incitait à rechercher des plaisirs qui ne dépendaient ni du pénis ni du vagin. Le coït me semblait un moyen, un procédé de reproduction et en même temps, par son côté fusion symbolique des corps, une sorte d'engagement ou d'acquiescement à ne pas donner à la légère et, à plus forte raison, à ne pas gaspiller dans des mascarades. Dans les circonstances ordinaires, il me paraissait légèrement déplaisant; je ne pouvais l'imaginer que faisant partie de quelque acte grandiose, j'y voyais une déclaration d'interdépendance absolue, ou même un sacrifice. Mes plaisirs physiques immédiats étaient bien plus superficiels et beaucoup plus faciles à obtenir. Ils étaient d'ordre tactile, olfactif, visuel et dépendaient simplement de la proximité – c'étaient des plaisirs qu'à l'occasion je pouvais aisément, dans les limites du raisonnable, tirer aussi d'objets inanimés; ainsi je trouvais, bien que me gardant avec tact de le laisser savoir à mes amis les plus intimes, une satisfaction sensuelle à contempler des monuments, à consommer des vins et certaines pâtisseries.

Je n'avais pas besoin de demander à un barman où trouver de telles consolations. Tout au long de ma vie d'homme jeune, je vécus dans un état constant de relations émotionnelles compliquées avec une personne ou une autre, parfois des hommes, parfois des femmes. Ces liaisons me donnaient certes du plaisir sur le moment mais n'étaient pas satisfaisantes à la longue, car elles étaient nécessairement sans conclusion. Les hommes voulaient toujours, en réalité, une fille et, je suppose, ne voyaient en moi, comme Otto dans le camion, qu'un substitut temporaire. Les filles voulaient toujours un homme pour les aimer et ne tardaient pas à sentir que je n'allais probablement leur offrir que mon amitié. Et moi-même je ne savais pas très bien ce que je voulais, ou ce que je pouvais me permettre de vouloir, en dehors du contact d'une main ou d'une bouche, de la chaleur d'un corps, d'un échange de longues confidences à minuit, de l'odeur d'un parfum ou d'un tweed, d'un rire et d'une compagnie. D'une certaine manière, j'étais atrophié, mais était-ce par nature, était-ce par un effet subconscient de la volonté, je ne sais; ce n'était certainement pas par pruderie car, si j'étais né femme, je crois que j'aurais été une femme assez facile. « *Pourquoi, pourquoi, pourquoi?* » criait une nymphomane de mes amies tout en s'appliquant sans succès à me séduire dans une chambre d'hôtel d'Athènes, mais je ne pouvais le lui dire et, si je le lui avais dit, jamais elle n'eût compris. Je me sentais plus isolé que jamais, ni chèvre, ni chou, incapable à la fois de séduire et d'être séduit – et pourtant, je m'en flattais, raisonnablement séduisant.

Il y avait là un paradoxe et souvent les gens le sentaient. Tout se passait comme si je me retenais délibérément de mûrir et de produire, dans le travail comme dans le plaisir. Si, sur le plan sexuel, je me sentais isolé, sur le plan professionnel, tandis que je regardais aller le monde, je me sentais plus que jamais à l'écart des affaires humaines. Plus que jamais, les gens du bas de la colline me semblaient vivre en rond dans des voies où je n'étais pas admis – ils ne s'occupaient plus maintenant de leurs boutiques, ils ne se promenaient plus avec leurs amours de vacances, mais ils préparaient des révolutions, ils faisaient campagne pour des élections, ils conspiraient, guerroyaient, crevaient de faim. Et moi j'étais là, par destinée, semblait-il, autant que par vocation, seulement et toujours comme observateur. Un confrère américain me décrivit un jour comme « si peu encombrant que c'est à peine si on sait qu'il est là » et un critique anglais remarqua chez moi « une curieuse tendance à disparaître en tant que personne derrière un style ». Mais ce camouflage n'était ni un effet de la modestie, ni une technique professionnelle : il résultait d'un détachement si involontaire que j'avais souvent l'impression de n'être pas *réellement* là, mais d'observer ce qui se passait de quelque réduit silencieux bien à moi. Si je ne peux être moi-même, semblait dire mon subconscient, je préfère ne pas être du tout.

7

Sauvé - un grand amour - des objets d'art - le rossignol

L'amour me délivra de cette lointaine et fantastique capsule où j'étais enfermé, de même qu'il me sauva de l'autodestruction, et tout ce qu'on dit sur l'amour, sous forme de sentences sublimes ou avec les accents du lyrisme le plus profond, est d'une vérité démontrable. J'ai toute ma vie aimé des gens avec une fréquence déconcertante, mais il m'a été donné de connaître un certain amour d'une intensité si différente de tout le reste, qui se situe sur un plan si mystérieux, qui est d'une texture si riche, qu'il emporta dès le début toutes mes ambiguïtés sexuelles et agit comme une clé déverrouillant mon énigme.

Un Polonais en exil m'expliqua un jour, dans un restaurant du Caire qui, sans nous, eût été vide, sa conception de l'infini. L'infini, dit-il, était si immense, et ses possibilités de coïncidences si illimitées que, quelque part dans l'univers, à ce moment même, notre conversation devait être reproduite, à une table exactement semblable à la nôtre, dans un établissement pareillement désert, devant juste le même repas qui était là entre nous. C'est un tel défi à l'impossible qui me semble présider, très souvent, à l'accomplissement du véritable amour. Élisabeth, la fille d'un planteur de thé de Ceylan, avait été dans les services féminins de la Marine royale pendant la dernière partie de la guerre et avait mis fin à des fiançailles manquées avec un officier de marine pour devenir la secrétaire de Maxwell Ayrton, l'architecte du stade de Wembley. Elle avait pris un appartement dans une maison située presque en face du musée « Madame Tussaud's ». Il se trouva par miracle que j'étais à Londres pour suivre un bref cours d'arabe à Bloomsbury et que, par un coup de chance qui me stupéfie encore, je louai un appartement dans cette même maison (qui était tenue par un général de brigade en retraite aux mœurs lascives et sa femme qui possédait un caniche).

Bon, eh bien, dites-vous, qu'y a-t-il de si remarquable là-dedans? Ceci : que sur les milliers de gens qui auraient pu venir habiter à Nottingham Palace cet été-là, les deux qui se trouvèrent porte à porte, à deux étages près, furent si instantanément, si complètement, si incroyablement et si définitivement accordés l'un à l'autre qu'ils auraient pu être frère et sœur. Les gens pensaient souvent que nous l'étions, tellement notre empathie était totale, et d'ailleurs nous nous ressemblions passablement. Elle avait les yeux bleus, les miens étaient bruns; elle bronzait, je devenais rouge brique, elle avait une démarche énergique et semblait savoir ce qu'elle voulait, je traînais quelque peu les pieds; mais on nous trouvait à tous les deux un air plutôt français – elle était d'origine huguenote – et il est vrai que nous nous sommes toujours sentis particulièrement chez nous en France, pays qui, dans l'ensemble, n'est pas très apprécié des Britanniques. Plus encore que nos aspects, nos tempéraments s'accordaient. Nous faisions les choses de la même façon, nous étions sensibles aux mêmes nuances. Je ne veux pas dire qu'il n'y eût aucun secret entre nous : tout être humain, je crois, a droit à un espace intérieur réservé. Mais nous partagions la plupart de nos pensées et, souvent, nous n'avions pas besoin de les traduire en mots. Nous étions étonnamment *en rapport* *. Si nous n'étions pas vraiment de la même famille, disait-on de nous, nous nous connaissions sûrement depuis l'enfance.

Nous aimions tellement être ensemble que souvent je l'accompagnais à son bureau de Hampstead, juste pour le plaisir de faire avec elle le trajet en autobus, avant de monter immédiatement dans un autobus qui allait en sens inverse pour me rendre à mon travail, à mi-chemin de l'autre bout de Londres. Et, bien qu'au cours des vingt-cinq années qui suivirent, nous ayons eu

* En français dans le texte.

l'un et l'autre d'autres attachements, il n'est guère de moment dans ma vie que je n'eusse préféré partager avec elle. Elle m'a jeté un jour une casserole à la tête et m'a giflé dans le train de Windsor, mais pourtant les moments les plus heureux de mon existence furent ceux où, arrivant de deux points de la terre situés aux antipodes l'un de l'autre, comme à notre première rencontre, nous nous retrouvions dans le hall d'arrivée de la ligne nº 3 et sentions aussitôt se ranimer en nous notre amitié fervente.

C'était un mariage qui n'était pas fait pour réussir; pourtant il fut, d'un bout à l'autre, un enchantement, témoignage vivant, pourrait-on dire, du pouvoir de l'esprit sur la matière – ou de l'amour, pris au sens le plus pur du mot, sur tout autre chose. Les gens disent souvent qu'ils ne peuvent comprendre de quelle nature était cet amour, mais à moi il ne m'a jamais paru étrange : toutes les ambivalences de nos rapports me semblent insignifiantes comparées à la divine émotion qui l'inspira. Je ne cachai rien à Élisabeth, je lui expliquai tout ce que je n'avais jamais expliqué à personne auparavant. Je lui dis que si chacun de mes instincts me paraissait, d'année en année, plus féminin, mon ensevelissement dans un physique masculin plus difficile à supporter, néanmoins les mécanismes de mon corps étaient sans défaut et fonctionnels et, quelle que fût leur valeur, lui appartenaient. Car, quand votre amant est près de vous, haletant, il n'éprouve pas nécessairement les satisfactions orthodoxes de la virilité. Des fantasmes de toutes sortes traversent son esprit; une multitude d'émotions l'assaillent; peut-être est-il si forcené non parce que l'élan vital se rue hors de ses glandes, mais parce qu'il rêve de feu, de guerre ou de poésie, ou parce qu'il aime une idée, ou s'aime lui-même, ou *vous* aime. Pour ma part, en accomplissant l'acte sexuel avec Élisabeth, j'avais l'impression de remplir un engagement et, avec de la chance, de nous faire à tous deux le don incomparable d'un enfant. Quant à elle, obéissant à quelque alchimie mystique et ne tenant pas compte de ses rivaux, le palais des Doges ou un *mille-feuilles* *, elle m'acceptait franchement tel que j'étais et, j'espère, y prenait plaisir.

Nous eûmes cinq enfants : trois garçons et deux filles, mais la situation était telle que, dans notre mariage, le sexe demeura une chose secondaire. A bien des égards, ce mariage était une union très moderne. C'était une amitié et une entente entre égaux car, chez nous, il ne pouvait y avoir ni mâle dominateur, ni femme dominatrice. Si nous nous partagions des responsabilités, nous ne le faisions pas en termes de sexe mais simplement selon les besoins et les capacités de chacun. On entend

* En français dans le texte.

parler aujourd'hui de « mariage ouvert », où les partenaires sont explicitement libres de mener séparément chacun sa vie, de choisir s'ils le veulent leurs propres amis, d'avoir peut-être leurs amants, tout cela dans les limites de la reconnaissance d'une affection supérieure et d'un centre d'intérêt commun. Ce genre d'accord a toujours existé entre nous. Je parcourais le monde plusieurs mois de suite et parfois Élisabeth voyageait dans une direction différente, absorbée dans des préoccupations entièrement personnelles. Bien que nous fussions liés, pendant de telles absences, par un profond intérêt réciproque pour le bonheur de l'autre, qui se traduisait fréquemment et à grands frais par des appels téléphoniques transatlantiques ou des vols de fin de semaine, nous ne nous reprochions jamais nos vies séparées et ne faisions que trouver plus intéressante notre liaison quand elle reprenait.

Plus cette amitié passionnée durait, moins j'étais disposé à croire les conseillers matrimoniaux et les chroniqueurs de « courrier du cœur » qui affirment que des rapports sexuels satisfaisants sont essentiels à un mariage heureux. Nous ne pouvions guère qualifier de satisfaisants nos rapports sexuels puisque je me serais bien contenté de n'en pas avoir du tout, et pourtant nos vies regorgeaient de compensations. Notre intimité était, d'une certaine façon, érotique en ce sens qu'il y avait entre nous une compréhension fondamentale et extatique et parfois des élans d'affection qui n'arrivaient pas, comme dans les romans, avec des douceurs de berceuses et des suavités de parfums printaniers, mais qui avaient la soudaineté d'un coup entre les deux yeux, d'un choc organique, et un arrière-goût de tragédie – car il doit y avoir, dans toutes les grandes amours, la perpétuelle et secrète terreur que tout finisse.

Et notre amour a été un grand amour. Il a donné de la noblesse à ma vie la plupart du temps futile. Il m'a toujours donné le sentiment d'une formidable richesse : grâce à lui, j'étais comme le propriétaire terrien qui voyage dans des conditions lamentables hors de son pays, secoué dans des trains inconfortables, tracassé par d'abominables étrangers, mais qui se souvient de temps à autre du calme lointain de ses acres de terre anglaise, de sa maison sereine parmi les arbres proches et de l'étendue paisible du paysage qui l'entoure. J'étais extrêmement fier de mon mariage. Si complexe que fût ma vie intérieure, si odieux le masque que je portais, même si toutes mes ambitions échouaient et si mon talent m'abandonnait, je saurais pourtant que j'avais remporté ce succès triomphal : réaliser un rapport de confiance absolue, une entente si constamment délicieuse qu'aujourd'hui encore je me précipiterais pour prendre le bus en direction de Hampstead chaque matin, si Élisabeth travaillait encore là-bas pour Max et si je pouvais prendre un numéro 13 pour revenir à Aldwych.

Mais mari et femme, tout juste. Élisabeth perçut plus tôt que moi que je ne pourrais pas rengager toute ma vie, selon l'expression qu'affectionnaient les plus péremptoires autorités consultées, mais que je devrais, un jour ou l'autre, apaiser mes conflits. Chaque année, mon violent désir d'être une femme devenait plus pressant, tandis que mon corps de mâle semblait se durcir autour de moi. J'avais l'impression d'être coulé dans une substance protectrice qui, chaque année, s'épaississait d'une nouvelle couche. Cependant, je faisais honneur à l'obligation tacite de notre mariage : jusqu'à ce que la sécurité de ma famille fût assurée et qu'Élisabeth fût comblée en tant que mère, sinon en tant qu'épouse, j'étais décidé à patienter. Je craignais que même un traitement aux hormones, en admettant qu'il ne me stérilisât pas immédiatement, eût quelque effet nocif sur les enfants encore à naître; aussi, j'attendais. De temps à autre, je consultais quelque spécialiste dont j'avais lu quelque part qu'il avait contribué à la connaissance de la transsexualité, j'allais voir le docteur Benjamin quand j'étais à New York, et je m'habituais peu à peu à l'idée que mon problème n'avait pas de solution radicale. A tous autres égards, j'étais merveilleusement heureux. Je ne semblais pas être fou. J'avais encore du temps devant moi.

En attendant, je regardais pousser notre famille. Ne pouvant croire qu'à l'omnisexualité, au droit et à l'aptitude des êtres humains de toutes sortes de s'aimer charnellement et spirituellement, j'avais toujours respecté les sentiments des homosexuels : mais la vérité et le pathétique de leur condition me semblaient illustrés par leur impossibilité d'avoir des enfants. Des années plus tôt, j'avais vécu pendant une courte période de ma vie dans la même maison qu'un couple d'homosexuels confirmés; l'un était un pianiste connu, l'autre un homme d'affaires. Leur vie commune était raffinée sans être le moins du monde affectée. Leur appartement était plein de belles choses, leur conversation était bienveillante et intelligente et, quand le pianiste jouait, je voyais l'autre écouter avec une expression d'orgueil, de plaisir et d'affection des plus sincères. Le lien qui les unissait était si vrai qu'à la mort du pianiste l'homme d'affaires se suicida – et ils ne laissèrent derrière eux, à part les disques du musicien, qu'un vide. Un mariage aussi loyal que pouvait l'être un mariage avait pris fin, stérile et infécond. Et si tous deux avaient vécu jusqu'à la vieillesse, je pense que leurs vies se seraient révélées plus stériles encore, le vide augmentant et la plénitude s'amenuisant.

Je n'aurais pu survivre dans une telle situation car l'instinct qui me portait à avoir des enfants était profond. Si je n'avais été écrivain, ou artiste, j'aurais certainement aimé être simplement mère, car je ne peux concevoir de profession plus passionnante que d'élever des enfants, si irritants que puissent être parfois ces petits animaux. En fait, mes enfants et mes livres, maintenant que j'avais commencé à écrire, me semblaient étrangement de la même espèce. C'était avec un serrement de cœur que je regardais passer les avions au-dessus de ma tête quand je venais d'envoyer un manuscrit à mes agents littéraires, car je m'imaginais que dans l'un d'eux mon livre partait pour l'Amérique – mon livre, si longtemps mon ami et si vite broyé, réduit en caractères d'imprimerie et en comptes rendus. Inversement, je regardais mes enfants plutôt comme des œuvres d'art. J'ai honte de dire que je les aurais peut-être moins aimés s'ils avaient été laids ou stupides; mais la vérité est peut-être que, s'ils l'avaient été, je ne l'aurais pas su. En tout cas, ils me semblaient superbes, je leur trouvais le corps svelte et l'esprit agile et je les observais en train de se développer avec un plaisir comparable à celui que me donne un roman à l'intrigue bien construite.

Fort heureusement, bien qu'ils eussent leurs problèmes comme tout le monde, il était visible qu'ils n'avaient pas les mêmes que moi. Quelles que fussent les causes de mon dilemme, elles n'étaient évidemment pas héréditaires. Dans la mesure où je pouvais en juger, une parenté aussi étrange ne leur avait fait aucun mal sur le plan psychologique. Il était indéniable qu'au sens physique du mot, j'étais leur père; ils me ressemblaient beaucoup et surmontaient à grand-peine certains des pires aspects de mon tempérament. Mais j'étais très peu paternel à tous égards. Je n'étais rien moins qu'une figure paternelle, sauf du fait que je menais une vie assez aventureuse. Mes attitudes n'étaient pas non plus exactement maternelles car, même avec eux, j'étais inhibé par les circonstances, par mon corps et aussi par la crainte de leur nuire en leur révélant trop tôt la vérité. D'autre part, ils avaient déjà une mère merveilleuse. Non, j'étais pour eux, par-devers moi-même et biologiquement, presque comme un protecteur. J'avais été, très délibérément, l'instrument de leur création. J'avais été consciemment l'étincelle qui avait allumé le feu auquel Élisabeth avait forgé et façonné leur être. Comme un prince de Médicis ou un fier Électeur de l'empire allemand, bien qu'il m'arrivât parfois de souhaiter jouer dans leurs vies un rôle plus direct, pouvoir de temps en temps prendre un violon et en tirer un accord ou ajouter, réflexion faite, une touche de clair-obscur avec mon propre pinceau, je ressentais une orgueilleuse exaltation à l'idée d'avoir permis à de si charmantes créatures d'exister. Ils avaient, en fait, des façons plus simples de prendre modèle sur moi; en adoptant mes tours de phrases, mes opinions et mes préjugés peu importants. Mais le véritable exemple leur était donné par Élisabeth, si sûre d'elle, si cohérente. Je me tenais, je pense, comme un imprésario dans les coulisses, pas toujours nettement visible, peut-être, dans la pénombre du fond de la scène, mais évidemment prêt à offrir un nouvel engagement.

Et j'espère que j'ai contribué d'une autre manière encore à la création de ces objets d'art. J'espère que je leur ai donné, à défaut d'autre chose, un sens de l'amour. C'était ma spécialité. Je croyais que ce n'était pas seulement une abstraction fortuite, mais une énergie active et même une habileté naturelle qui pouvait être développée et encouragée. Considérer que l'amour implique nécessairement la sexualité me semble le fait d'un simplisme vulgaire et je pense que l'imbrication des deux termes est l'une des principales faiblesses de la langue anglaise, engendrée, je suppose, par d'anciennes expressions graveleuses mais, aujourd'hui, obscène par elle-même. L'amour, même l'amour non payé de retour, même l'amour d'objets inanimés, m'a donné un sentiment de possession bien plus vivace que ces vagues sentiments bonapartistes que j'éprouvais dans mon enfance. Des villes entières sont à moi parce que je les ai aimées de cette façon. Et aussi des tableaux éparpillés à travers les galeries d'art du monde entier. Si vous aimez quelque chose assez ardemment, assez consciemment, avec respect, ce quelque chose devient vôtre, irrévocablement, par symbiose. J'aime ainsi le pays de Galles, j'aime l'amiral Fisher (mort en 1926) et le plus grand plaisir que me donne mon chat abyssin, Ménélik, est le sentiment que j'ai de pouvoir, par le seul magnétisme de mon affection, le faire accourir à mon appel, quittant quelque lieu désertique, quelque forêt ou quelque lande, pour venir un moment faire ses griffes en ronronnant sur mes genoux.

J'aimais mes enfants de la même façon enthousiaste et calculée, même quand ils étaient très loin, et j'espère que ce fut réciproque. J'ai certainement toujours constaté chez eux à mon égard une attitude de possession affectueuse bien qu'amusée. Ils m'ont traité à peu près comme j'ai traité Ménélik, comme un esprit libre venu d'ailleurs qu'ils ont séduit et apprivoisé. Je me suis glissé parmi cux, arrondissant le dos et faisant vibrer ma queue, en arrivant de destinations qui ont dû leur sembler, dans leur enfance, aussi lointaines que n'importe quelle lande d'Abyssinie. (« Où est l'Afrique, tu le sais? demandai-je un jour à Tom au retour d'un voyage en Sierra Leone. – C'est la capitale de Paris », me répondit-il d'un ton solennel.) J'ai dû leur sembler aussi différent des pères des autres enfants que Ménélik avec sa découpure de lièvre et ses oreilles pointues quand on le voit frayer avec les chats anglais tigrés et trapus de la ferme. Mais ils ont su, j'en suis sûr, que j'étais leur, une fois pour toutes en leur possession, et je pense qu'ils ont appris de moi, comme j'ai appris d'Élisabeth, la colossale force constructive de l'amour, qui peut combler les abîmes et réconcilier les contraires.

Ce fut seulement quand ils atteignirent la fin de leur adolescence que les aînés des garçons me dirent qu'ils commençaient à comprendre en quoi j'étais différent : car pendant quinze ans au moins, notre mariage, vu de l'extérieur, parut non seulement réussi, mais parfaitement orthodoxe et, quand je dis pour la première fois à certains de mes amis la peu vraisemblable vérité sur mon cas, ils pensèrent souvent que je plaisantais.

Nous perdîmes une enfant mais, même à ce moment, la désolation qui s'empara de nous fut tempérée pour moi par un sentiment de possession continue et par cette légère dose d'optimisme pervers qui m'est restée de mon enfance. J'avais l'impression qu'elle nous reviendrait, d'une façon ou d'une autre – et elle nous revint en effet bientôt : elle nous avait quittés tristement sous la forme de Virginie, elle nous revint sous celle de Susan, gaie comme une étoile joueuse. Son premier petit corps fut enseveli sous un magnolia confié à la tendre garde de chérubins sculptés, non loin de la porte de l'église saxonne de Waterperry, dans l'Oxfordshire, mais son esprit nous quitta, à ce moment-là, par une chaude nuit de mai dans le Hampshire.

Nous étions rentrés de l'étranger et avions loué la moitié d'une maison de campagne près de Newbury. La petite fille, victime d'un virus non identifié alors qu'elle n'avait pas deux mois, fut conduite à l'hôpital de Newbury et nous comprîmes qu'elle allait mourir. Élisabeth et moi reposions sans dormir dans notre chambre donnant sur le jardin, trop bouleversés et malheureux pour pouvoir même fermer les yeux. Une grande lune luisait derrière les vitres et, vers minuit, un rossignol se mit à chanter dans l'arbre le plus proche. Je n'avais jamais encore entendu un rossignol anglais, et ce fut pour moi comme d'entendre, pour la première fois, une voix venue de l'empyrée. Toute la nuit il lança ses trilles qui s'élevaient dans le clair de lune, infiniment tristes, infiniment belles, et emplissant de leurs échos le moindre recoin de notre chambre. Nous restâmes là jusqu'au bout, chacun sachant ce que pensait l'autre; des larmes coulaient silencieusement sur nos joues et l'oiseau continua sa chanson, à la fois élégie, réconfort, adieu, jusqu'à ce que la lune disparût. Alors nous tombâmes dans le sommeil, la main dans la main.

Le matin, le bébé était mort.

8

Trois employeurs - « Quiconque vient du Guardian *» - une demi-colonne dans le* Times *- chez les Égyptiens - horreur de moi-même*

J'étais un écrivain. Plein comme je l'étais de certitudes plus abstruses, j'ai toujours eu aussi celle-là. Je n'ai jamais douté un instant de ma vocation, sauf pendant une brève période où j'ai souhaité avoir un public plus proche, où j'ai envié aux musiciens leurs points d'orgue, aux acteurs leurs applaudissements. J'ai passé environ dix ans à faire du journalisme, surtout comme correspondant à l'étranger, et j'ai travaillé pour trois institutions disparates : l'*Arab News Agency*, le *Times* de Londres et le *Manchester Guardian.* Il serait hypocrite de ma part de prétendre que je n'ai pas été heureux pendant ces années. Aucune vie ne pouvait être plus intéressante pour moi. Pendant toute une décennie, je fus aux premières loges pour assister à tous les grands événements mondiaux et je ne cessai de m'étonner, comme Neville Cardus avant moi, d'être réellement payé pour jouir d'un tel avantage.

Mais tout au long de ces dix ans, à l'insu certainement de mes employeurs et, je présume, aussi de mes confrères, je fus tourmenté par mes ambivalences et, comme ces années furent les années cruciales où je venais d'atteindre la trentaine, celles où, théoriquement, j'approchais du sommet de ma virilité, je trouve curieux de rappeler ce que furent mes attitudes envers les établissements pour lesquels j'ai travaillé – envers les trois seuls employeurs que, finalement, j'eus dans toute ma vie.

C'est au *Guardian* que je fus le moins à l'aise. Cela surprend les gens. S'il y eut jamais, en ce pays, un organe de presse qui paraissait exprimer l'essence des principes généralement tenus pour féminins, ce fut ce prodige de libéralisme : pacifiste, humaniste, compatissant, un regard maternel sur les opprimés du monde entier et un bon sens terre-à-terre de ménagère dans les affaires de tous les jours. Le *Guardian* était gentil pour presque tout le monde et surtout pour moi : il me laissait aller plus ou moins où je voulais et il était rare qu'il coupât un mot ou changeât un adjectif dans l'un de mes articles. Pourtant, je n'y fus jamais à l'aise. Il y avait, je pense, quelque chose de pâle et de terne dans son image de marque, quelque chose qui me faisait me sentir exhibitionniste, toujours à l'affût d'évasions romantiques, courant la prétentaine à travers le monde pendant que des hommes meilleurs que moi peinaient chez eux sur des éditoriaux progressistes.

J'ai maintenant le sentiment déconcertant de n'avoir pas aimé ce journal parce qu'il me semblait, en travaillant pour lui, travailler pour une femme plutôt que pour un homme. Son attitude de supériorité malheureuse évoquait pour moi celle d'une mère martyre qui a des enfants ingrats, et je n'aimais pas être mis dans le même panier que son équipe de gens sérieux qui me faisaient penser à une association de consommateurs. « Naturellement, nous savons que vous êtes de notre bord, me dit un jour un jeune dissident jordanien, s'arrêtant un instant d'éreinter les Anglais, puisque vous travaillez pour le *Manchester Guardian* »; et j'étais habituellement au supplice, dans les trains, quand rencontrant des lecteurs fidèles de « notre journal », je découvrais ce qu'était en réalité mon public. « Quiconque vient du *Guardian* est notre ami », disaient de sonores voix américaines en m'accueillant au seuil des collèges, et j'en étais venu à considérer cette phrase comme l'annonce d'une soirée affreuse. Les éléments dont j'avais faim étaient le feu, le sel de l'humour et le rire; les spécialités du *Guardian* étaient la justice, la modestie et le jugement rationnel. J'aimais une touche de chic; le *Guardian* se dérobait devant une chose pareille comme un cheval à la vue d'un fantôme. J'étais tout désordre, boutades et panache, le *Guardian* tout logique objective et mesure. J'avais un penchant pour la mystique, le *Guardian* plongeait ses racines dans le non-conformisme nordique, un credo qui ne m'attirait pas.

L'homme du *Guardian* qui m'intimidait le plus était le correspondant à Paris du journal, un homme énormément informé et universellement respecté. Bien que je n'aie jamais entendu personne médire de lui, nous éprouvâmes tous deux dès le début une aversion réciproque. « Comme ce doit être merveilleux, remarquai-je un jour, au cours d'un entretien familier, parlant de sa grande taille, de pouvoir dominer n'importe quelle pièce où l'on entre! – Je ne cherche pas à dominer quoi que ce soit », répliqua-t-il dans son style libéral le plus désapprobateur – une réponse fâcheuse à faire, mais il ne pouvait le savoir, à quelqu'un dont l'idéal de virilité avait été façonné d'après des modèles militaires et qui aimait qu'un homme prît la situation en main.

Deux des moins plaisants souvenirs de ma vie de journaliste ont un rapport avec ce déconcertant confrère. Le premier est celui d'un soir où, ayant remué ciel et terre, mis en jeu son incomparable réseau de relations et s'étant démené avec un zèle totalement désintéressé pour m'obtenir, dans l'avion d'Alger alors en proie aux premières affres de la rébellion militaire, une place impossible à obtenir, il découvrit que j'avais raté l'avion pour être resté trop longtemps à dîner chez Maxim's avec des amis. Le second est encore pire. Lors d'une autre mission en Afrique du Nord, je me trouvai obligé de dicter au téléphone un long message pour l'Angleterre, *via* Paris; or, il se trouva que la seule personne disponible pour prendre mon message fut le correspondant parisien lui-même, le doyen des observateurs britanniques en France, sinon en Europe. Mon sang ne fit qu'un tour quand je l'appris et l'une des idées que, depuis, je me fais de l'enfer, est d'avoir à dicter éternellement des informations hâtives, outrageusement romanesques et médiocrement documentées sur les affaires coloniales françaises au correspondant à Paris du *Guardian*. Que mes jugements paraissaient niais déversés mot à mot (il ne connaissait pas la sténo) et maintes fois répétés (la ligne fonctionnait horriblement mal) dans cette oreille froide et méticuleuse! Que ma connaissance du français était honteusement insuffisante, que mes notions d'histoire européenne étaient futiles, que mes épithètes étaient excessives – ces épithètes, les voyant venir, absurdement lyriques, sur mon texte dactylographié, que ne les ai-je à la hâte jetées par-dessus bord avant de les prononcer! « C'est tout? » dit-il avec un soupir quand j'arrivai enfin au bout de mon article et je me sentis pareil à un acteur comique au nez peint en bleu qui, par suite d'une affreuse erreur d'inscription, serait venu débiter son boniment à la salle de conférences de la Royal Society.

Mais je ne dois pas être ingrat. Le *Guardian* me traita superbement, du début à la fin et, bien que j'apprécie médiocrement le public varié de ce journal, ce fut pour moi une expérience sans prix de découvrir que, dans tous les pays du monde, il existait des cellules libérales qui le considéraient comme un oracle sacré et voyaient en lui (ainsi que je le constatai avec des sentiments mêlés) ce qu'il y a de mieux en Grande-Bretagne. Au bout de cinq années au *Guardian*, il m'arrivait, en des moments de moindre résistance, de sentir en moi des symptômes de simplicité non conformiste, de modestie et de réserve.

De tels dangers ne me menaçaient pas au *Times*. Le *Times* avait en ce temps-là très grande allure, était très britannique et très masculin. Peu de femmes y travaillaient, le service des informations de l'étranger n'en employait aucune et je ressentis là, comme au 9ᵉ lanciers, l'impression grisante d'être un intrus accepté. Je n'ai jamais travaillé pour le *Guardian* en Angleterre, mais j'ai passé plusieurs mois à Printing House Square, où le *Times* était installé depuis sa fondation en 1785, et le souvenir qui m'en est resté est moins celui d'un bureau que d'une coterie.

Le *Times* était alors un journal qui ne ressemblait à aucun autre au monde, une anomalie institutionnalisée, un élément de la vie nationale situé quelque part peut-être entre la B.B.C. et le bureau du chambellan de la Maison royale, avec des côtés atténués mais perceptibles de Collège des hérauts (le héraut extraordinaire d'Arundel était en fait l'un des membres de la rédaction et, lorsqu'il quittait son bureau dans son digne costume gris finement rayé, on pouvait le voir une demi-heure plus tard assister à quelque cérémonie traditionnelle déguisé en personnage de carte à jouer). Même en ces dernières années de l'Empire britannique, les étrangers croyaient encore que le *Times* était un organe du gouvernement britannique et respectaient – ou ne respectaient pas – ses édits en conséquence. En Grande-Bretagne, les gens l'acceptaient comme l'instrument particulier d'une classe dirigeante encore cohérente et définissable. Le *Times* aimait se désigner lui-même comme « un journal de gentlemen écrit par des gentlemen » et les plus âgés des membres de la rédaction abondaient en anecdotes snobs : « Dites aux reporters d'attendre, Smithers, et faites monter le gentleman du *Times.* » Bien que sa réputation d'origine eût été construite sur un journalisme où régnait l'esprit de compétition le plus féroce, de mon temps il ne se considérait plus exactement comme un journal mais comme une chose totalement et drôlement *sui generis* – bref, le *Times*.

Printing House Square semblait digne de ses occupants. La partie principale des bureaux, qui donnait sur Queen Victoria Street, du côté du fleuve, avait été conçue par un propriétaire victorien du journal qui l'avait fait construire par ses propres ouvriers avec la pierre de ses propres domaines. D'après Sir Nikolaus Pevsner, ce qu'on pouvait y trouver de mieux, c'était « une certaine stabilité pesante » mais, pour ma part, je pensais que c'étaient de magnifiques bureaux. Je m'y rendais par le métro et, en émergeant chaque jour de la pénombre de Blackfriars Station, je retrouvais la lumière du jour et le *Times* là, devant moi, comme un gage de permanence – délabré, fier et amusé d'être ce qu'il était, comme le Londres d'après-guerre lui-même, avec l'Union Jack et son drapeau privé sereinement déployés en haut de son toit, ct la Rolls-Royce de son rédacteur en chef, légèrement penchée sur ses roues arrière comme une digne douairière qui aurait fait porter le poids de ses fesses sur une ombrelle, attendant les ordres à la porte.

Derrière la construction principale, il y avait un bâtiment du XVIIIe siècle connu sous le nom de « la Maison privée » – une plaisante petite maison d'habitation attenante aux bureaux proprement dits, où les membres de la rédaction, qu'on appelait maintenant « le comité », pouvaient lire leurs épreuves dans un fauteuil ou dîner entre deux éditions. C'était un endroit qui me plaisait énormément, exactement pour les mêmes raisons que les clubs d'hommes de Londres qui devaient plus tard me donner la secrète satisfaction d'y être un intrus. Il y avait, je crois, un maître d'hôtel et, sans aucun doute, des serveuses en tablier. Il y avait une tabatière ornée d'une image représentant Saint-Pétersbourg. Les pièces étaient garnies de cuir et pas très bien éclairées et, parfois, des invités éminents arrivaient pour dîner, des hommes politiques, des généraux ou des rubriqueurs américains qui savaient tout. J'aimais l'atmosphère courtoise du *Times* et je partageais son sens de l'humour.

Mais si le *Guardian* était trop sentimental pour mon goût, le *Times* pouvait se montrer trop cruel et l'événement qui m'a le plus touché à Printing House Square fut une affaire de sensibilité. Je me préparais alors à tenir un emploi de correspondant à l'étranger et mon apprentissage consistait en partie à servir d'assistant au rédacteur en chef du service « Étranger », Ralph Deakin. Deakin était déjà une figure pittoresque de Printing House Square, où il travaillait depuis la création du monde, et c'était lui qui, dans les traditionnels discours de bienvenue aux nouvelles recrues, avait l'habitude de citer l'exemple de Frank Riley, un jeune et brillant reporter, un ancien d'Oxford lui aussi, qui avait été assassiné par les soldats de Feng Yu-hsiang à Tch'ang-tcheou en 1927 – « mais, disait toujours Deakin avec une orgueilleuse solennité, il eut sa juste récompense : une demi-colonne de notice nécrologique dans le *Times*, et il n'avait guère plus de trente ans ».

Deakin vieillissait et la marche du *Times* vers le progrès, dont je ne saurais cependant dire qu'elle fût précipitée, était rapide et ne tarda pas à le dépasser. De semaine en semaine, je notais non seulement un essoufflement chez le vieux monsieur lui-même, mais une tendance chez les autres à ne pas tenir compte de ses opinions. Les gens ne l'écoutaient plus. Des décisions étaient prises à son insu. Il en avait nettement conscience et s'en désolait. Pendant ce qui me semblait être des heures d'affilée, d'une voix grinçante et infiniment lente qui était pour moi une des choses les plus pénibles que je devais supporter, je le reconnais, il m'exposait ses inquiétudes ou plus souvent encore ses ressentiments – car lui-même n'était pas riche du lait de la tendresse humaine et pouvait être malveillant. Je faisais de mon mieux pour le réconforter car je le plaignais sincèrement, mais il devenait évident pour lui comme pour moi qu'il perdait du terrain. Le coup final arriva lorsque, longtemps avant l'âge normal de la retraite, on lui demanda de partir.

Cette conclusion eut sur moi des effets profonds et durables et contribua, j'en suis sûr aujourd'hui, à m'aigrir contre ces sociétés où le traditionalisme mâle est d'un tissu si serré. Je ne connais le différend que du point de vue de Deakin, mais il me dit ce jour-là qu'au bout de quarante ans de dévouement presque fanatique au journal, on lui avait dit de partir presque immédiatement. Il avait supplié, ajouta-t-il, qu'on lui permît de demeurer en place pendant les quelques derniers mois qu'il lui restait à faire ou peut-être qu'on le désignât, se conformant en cela à une vieille coutume du *Times*, pour quelque confortable sinécure, par exemple un poste de correspondant en Suisse.

Mais on lui avait tout refusé, dit-il. Il devint de plus en plus bavard, amer et confus, nos tête-à-tête furent de jour en jour plus longs et finalement, un soir de l'hiver 1952, il me remit une lettre. S'il lui arrivait quelque chose, dit-il tout en boutonnant son épais pardessus noir, en remettant d'aplomb son chapeau de feutre et en prenant sa canne à sa place, derrière le bureau, je devrais donner cette lettre aux autorités supérieures du *Times*; et, remuant lentement la mâchoire – car il semblait presque toujours avoir dans la bouche, quand ce n'était pas un cigare, quelque espèce de pastille adoucissante, peut-être pour garder sa voix –, il me salua de la tête, comme d'habitude, dit bonsoir, avec son habituel sourire glacial, et rentra chez lui pour se tuer avec un somnifère.

Qu'aurais-je pu faire? J'avais songé à refuser la lettre, mais je m'étais rendu compte que j'étais à peu près le seul confident qu'il eût au monde et je n'en avais pas eu le courage. J'avais essayé, en vain, de le réconforter – mais, refusant de m'abandonner à mon mouvement spontané qui eût été de prendre le pauvre homme dans mes bras et de le dorloter, je ne sus pas, je le crains, lui montrer à quel point j'avais de l'affection pour lui, et je le regrette encore aujourd'hui. Le chef du service « Étranger » que je vis un peu plus tard, ce même soir, devina que je venais de subir quelque cruelle expérience : « On dirait que vous avez vu un fantôme », fit-il, et sans doute, avec son intuition d'Écossais, avait-il raison. Le *Times*, cependant, surmonta aisément ses remords. Quand la nouvelle de la mort de Deakin parvint au journal le lendemain, je remis la lettre comme je l'avais promis; mais il n'en fut pas du tout question lors de l'enquête, dont il fut longuement rendu compte dans le *Daily Telegraph*, mais qui fut à peine mentionnée dans nos colonnes.

La police conclut, comme le souhaitait certainement le *Times*, à une mort accidentelle. Mais, après tout, Ralph Deakin eut trente-cinq centimètres de notice nécrologique.

Non, l'emploi qui me convint le mieux fut celui que j'avais à l'*Arab News Agency*, car ce curieux organisme n'avait en réalité aucune raison sociale mais était un assemblage imprécis d'originaux. Je m'y précipitai. Au sortir de l'armée, me trouvant avec une année devant moi avant de pouvoir revenir à Oxford, j'eus l'idée de *faire quelque chose pour les Arabes*, car je m'étais pris d'une ardente sympathie pour la cause palestinienne. Je cherchai le mot « Arabe » dans l'annuaire du téléphone de Londres et y découvris l'adresse de cet organisme prometteur qui me sembla offrir la double chance d'une expérience journalistique et d'une juste cause. Je téléphonai aussitôt et on m'envoya bientôt au Caire.

J'avais déjà vu la côte égyptienne en compagnie d'Otto lorsque nous étions arrivés en vue de Port-Saïd, tard dans la nuit, sur notre transport de troupes, venant d'Italie et, tandis que nous voguions vers les lumières lointaines, il m'avait dit : « Ah, tu sens ça? C'est l'odeur de l'Égypte! C'est du n-n-nectar! » La source même de cette odeur, ou son centre, était l'« Immeuble Immobilia » de Sharia Sherif Pacha, au Caire, où l'Arab News Agency avait son siège. Là, l'odeur était toute-puissante. A la base de cette odeur, il y avait, je crois, le pétrole insuffisamment raffiné; mais à cet élément fondamental s'ajoutaient des suppléments plus subtils : la poussière, naturellement, et la crasse, les animaux, un soupçon de jasmin, cette rose d'Égypte, le mouton grillé, l'huile bouillie, le béton frais et, dominant le tout comme le fromage râpé sur une soupe épaisse, l'odeur souveraine du soleil.

Se frayant un chemin à tâtons à travers ces exhalaisons, tout autour de l'Immeuble Immobilia, il y avait les bruits du Caire qui, à cette époque, étaient un mélange strident de sons modernes et médiévaux. Les automobiles klaxonnaient, les autobus grondaient, les tramways ferraillaient, surchargés, en prenant des virages périlleux, mais on entendait aussi les cris des marchands ambulants qui se répercutaient musicalement dans les rues adjacentes, et l'appel sonore du muezzin pas encore avili par l'électronique, le clopinement des ânes et le flic-flac des chameaux et parfois même la relève des sages aveugles que les riches employaient encore, dans cette Égypte si longtemps discréditée, à réciter sans cesse le Coran aux seuils de leurs demeures.

Au milieu de tout cela, au milieu topographique comme au milieu politique, travaillaient, au premier étage de l'Immeuble, les journalistes de l'Arab News Agency. Ce travail consistait à rassembler les nouvelles du monde arabe et à les distribuer aux journaux arabes, aux stations de radio et aux revues, de la Syrie à l'Arabie du Sud. L'Agence était propriété de l'Angleterre et employait une poignée de sujets britanniques dans ses bureaux du Caire, mais elle aimait se donner, par discrétion, un aspect arabe, et tous les documents y étaient rédigés dans les deux langues.

Je fus heureux là-bas. Les petits employés britanniques étaient, en fait, des Blancs pauvres. Nous étions des Levantins honoraires. Nos raisons d'être là étaient très variées : alors que certains d'entre nous avaient quitté l'Angleterre parce que le métier les intéressait, d'autres gravitaient là après de complexes permutations dues à la guerre, à l'amour ou à quelque erreur et avaient des épouses grecques à Héliopolis ou des attaches non déclarées dans le quartier de Boulak. Pour ma part, je vivais principalement dans une sorte de *no man's land*, entre les expatriés et les indigènes. Mes amis étaient surtout des gens du bureau, quelques-uns égyptiens, quelques-uns anglais, et aucun de nous n'était riche. Nous vivions en boulevardiers, mais d'un rang modeste, fréquentant les cafés à terrasses les plus minables du centre de la ville, où la petite bourgeoisie égyptienne disputait d'interminables parties de dominos ou déchiffrait laborieusement à mi-voix les gros titres d'*Al Ahram* – des établissements miteux avec des tables à dessus de marbre et des cloisons de verre sales, où le café était aussi épais que du porridge et les verres à eau perpétuellement grisâtres de crasse. Nous venions nous asseoir là au début de la soirée, quand la longue sieste était presque terminée et qu'un calme momentané régnait sur la capitale, jusqu'au moment où nous entendions le cliquètement des lourds rideaux de fer levés l'un après l'autre aux devantures; il était temps alors pour nous de retourner à Immobilia, de gravir le large escalier sombre et prétentieux qui menait au premier étage et de commencer à travailler au bulletin d'informations du soir.

Ce n'était jamais ennuyeux. Les nouvelles étaient toujours très dramatiques. La guerre en Palestine était à son point culminant, les affaires intérieures d'Égypte fourmillaient d'intrigues, de menaces et de manœuvres de corruption et nos correspondants dans les parties éloignées des pays arabes nous inondaient de nouvelles piquantes : récits finement ciselés de crimes dans le désert, conspirations en cours, polémiques religieuses et querelles de familles. De plus, nous accomplissions notre travail dans un état d'esprit désinvolte de vie de bohème. Parfois, il est vrai, le bruit d'une émeute au-dchors ou le hurlement des sirènes signalant le passage du roi Farouk qui se rendait au club Mohammed Ali, nous rapprochaient des réalités du Caire d'une façon plus que professionnelle; mais en général, une fois que nous étions dans nos pièces mal éclairées, surpeuplées et mal entretenues, nous ne tardions pas à oublier la vérité sur nous-mêmes, à oublier la villa sordide près de la route de l'aéroport, la torture d'avoir bientôt à prendre le tramway de minuit, les chaussures éculées et le tarbouch graisseux, les enfants pullulants et l'épouse décharnée voilée de noir, à oublier nos espoirs perdus de faire carrière dans le droit ou au ministère de l'Intérieur, à oublier que nous étions un effendi égyptien indigent ou un Levantin besogneux, à oublier nos ambiguïtés sexuelles et à nous perdre dans l'étrange petit monde de notre étage.

Singulièrement, là, au cœur de la ville musulmane du Caire, la présence de femmes au bureau était plus naturellement acceptée qu'au *Guardian*, sans parler de Printing House Square. Les jeunes filles du standard téléphonique partageaient les innocentes plaisanteries du bureau aussi aisément et gaiement qu'elles partageaient le pigeon rôti que le garçon de bureau nous apportait des étals de la rue enveloppé dans du papier pelure. Quant à moi, je me sentis au Caire, pour la première fois, curieusement accepté; cette ville avait un pouvoir d'assimilation qui allait m'attacher pour bien des années aux pays musulmans de l'Orient et jouer, le moment venu, un rôle décisif dans ma modeste destinée.

Tels furent donc mes seuls employeurs. Au moment où je donnai ma démission au dernier, en 1961, je me sentais si isolé par mon difficile problème que je ne pouvais plus supporter de travailler en compagnie ou sur commande; je décidai alors de suivre mon chemin personnel sur le plan professionnel comme je le suivais depuis si longtemps dans ma vie privée car, en ce temps-là, le personnage que j'étais dans le monde, si inoffensif qu'il parût aux autres, me semblait à moi insupportablement répugnant.

9

L'Everest - la splendeur virile - le rythme viril - un saint homme

Jusque-là, c'était surtout l'idée que je me faisais de ma condition qui me répugnait. Je regrettais d'avoir un tel corps, mais lui-même ne me déplaisait pas. Il se trouvait que je l'admirais plutôt. Ce n'était peut-être pas le corps glorieux, mais il était mince et musclé, ne devenait jamais gras et fonctionnait comme une honnête machine, réagissant généreusement au plus léger coup d'accélérateur ou à une longue randonnée. Les femmes, je pense, n'ont jamais ce sentiment au sujet de leur corps, et je ne l'éprouverai plus jamais. C'est une prérogative mâle et, sans aucun doute, l'une des causes de l'arrogance virile. En ce temps-là, bien que n'en voulant pas, justement pour la raison que je viens de dire, je reconnaissais les mérites de mon corps et je prenais plaisir à l'exercer.

J'en appréciai pour la première fois toute la puissance, comme on se rend compte pour la première fois des capacités d'une voiture rodée, en 1953, quand je fus désigné par le *Times* pour me joindre à l'expédition britannique sur le point de faire la première ascension de l'Everest. C'était une épreuve essentiellement physique. Le journal avait les droits exclusifs sur les dépêches envoyées de la montagne et j'étais le seul correspondant qui accompagnât l'équipe; mon travail consistait à vérifier que les dépêches envoyées par le chef de l'expédition arrivaient bien à Londres, et surtout à en écrire moi-même. La rivalité serait ardente et probablement très violente, les communications primitives au plus haut point, et le seul moyen de m'acquitter de ma tâche était de grimper moi-même assez haut et périodiquement, de faire un compte rendu simple d'une opération complexe et de redescendre ensuite avec les nouvelles. Il n'était pas particulièrement à mon éloge que l'on m'eût désigné pour cette mission : étant un agile garçon de vingt-six ans, j'étais évidemment mieux adapté à ce travail que la plupart de mes confrères de Printing House Square. Je faisais chaque jour de l'exercice (j'en fais encore), je ne fumais pas (et ne fume toujours pas), je ne buvais que rarement de l'alcool, n'en aimant pas le goût.

J'étais aussi, ayant quitté depuis quelques années le 9e lanciers, extrêmement actif. Il y a quelque chose dans le journalisme, si spécieuses que soient ses valeurs, si ridicules que soient ses bouffonneries, qui éveille l'émulation de ceux qui en font profession. C'est un métier peut-être absurde mais indéniablement amusant. Je ne cherchais pas particulièrement à devenir célèbre car je sentais déjà instinctivement que le journalisme ne serait pas l'occupation de toute ma vie, mais même ainsi, je me serais abaissé à n'importe quelle manigance pour venir à bout de ce que, présomptueusement à ce moment-là, on appelait une primeur d'information sensationnelle. Les nouvelles de l'Everest devaient être ma chance et quiconque essaierait de me les voler devrait s'attendre à des représailles.

Ce fut dans cet état d'esprit, à cet âge, au maximum de ma condition physique de jeune homme, que je me retrouvai, en mai 1953, accroché au flanc de la plus haute montagne du monde.

Je vais essayer de décrire ce que j'éprouvais, tel que cela m'apparaît aujourd'hui – plus particulièrement à l'intention de mes lectrices qui n'ont probablement pas fait l'expérience d'un tel déploiement d'énergie, je m'en rends compte aujourd'hui.

Pour commencer, imaginez le décor. Il est sujet à des transformations théâtrales. Le matin, on a l'impression de vivre, réduit à des proportions minuscules, dans un bol de cubes de glace brisés posé dans un jardin ensoleillé. Quelque part audelà du bord, suppose-t-on, il y a des arbres verts, des champs et des fleurs; à l'intérieur du bol, tout est d'un blanc et d'un bleu étincelants. Dedans, c'est le silence. Les parois des montagnes amortissent tous les sons et étouffent le passage du temps dans un mutisme obligatoire. Le seul bruit est celui d'une chute de gouttes d'eau quelque part, le sifflement d'un roc qui tombe ou le grondement d'une lointaine avalanche. Le ciel, au-dessus de vous, est d'un bleu féroce; l'éclat du soleil implacablement reflété par la neige et la glace vous boursoufle les lèvres, vous éblouit les yeux et emplit totalement la pente de sa substance.

L'après-midi, tout change. Le ciel vous regarde d'un air menaçant, de hauts nuages de neige arrivent par vagues du Tibet, un vent cruel et incessant se déchaîne et, bientôt, la neige se met à tomber obliquement, rayant le paysage de parallèles, effaçant le ciel, les crêtes, tout, et vous donnant l'impression que votre bol de glaçons a été remis au réfrigérateur. Il fait un froid terrible. L'après-midi est plein de bruits et de rumeurs : la ruée du vent, le claquement des toiles de tentes, les grincements et les craquements de leurs cordes; et à mesure que la soirée s'avance, la neige s'entasse autour de votre tente, ensevelissant à demi cet abri infinitésimal dans la masse de l'Everest, comme si vous étiez prématurément emprisonné, ou peut-être enfermé dans un sous-marin coulé, car vous pouvez voir la ligne de la neige s'élever lentement à travers les parois de nylon de la tente, comme de l'eau qui monterait pour vous submerger.

Mais imaginez maintenant la situation du jeune homme. Tout d'abord, il est fixe sur ce fond changeant. Son corps avance non par à-coups et par rafales mais à une vitesse régulière. Il est vraiment tout vibrant de force et d'énergie, comme si des étincelles pouvaient jaillir de sa peau dans l'obscurité. Rien ne fléchit en lui. Son corps n'a pas de poids superflu, rien que des muscles assoupis par l'exercice. Quand il émerge de sa tente dans le lumineux matin de l'Himalaya pour accomplir la longue dégringolade jusqu'au glacier Khumbu situé au-dessous, il lui semble qu'il peut bondir là en gigantesques enjambées, tout en chantant. Et quand, l'après-midi du même jour peut-être, il regrimpe à travers la neige emportée par le vent, ce n'est pas une torture pour lui mais un défi, quelque chose à surmonter, quelque chose qui vraiment donne de la joie, tandis que la neige épaisse colle à ses pieds, que l'eau ruisselle derrière son cou et que son visage enfle sous l'effet du froid, de la glace et du vent.

Ce n'est pas une épreuve pénible car elle ne lui a pas été imposée. Il est son maître. Il a le sentiment que tout lui est possible et que sa position par rapport aux événements restera toujours la même. Il n'a pas à se demander quelle force il aura demain : ce sera la même qu'aujourd'hui. Son esprit, comme son corps, est réglé pour l'accomplissement de cette tâche et n'aura ni raté ni défaillance. C'est cette sensation de contrôle imperturbable, je pense, que les femmes ne peuvent éprouver; elle a son origine, naturellement, non dans l'intellect ou la personnalité, pas tellement même dans l'éducation, mais précisément dans le corps. Le corps mâle peut être ingrat, et même incapable de création au sens fort de ce mot, mais quand il fonctionne bien, c'est une machine qu'il est merveilleux d'habiter. Je le reconnais aujourd'hui, rétrospectivement, mieux que je ne le reconnaissais alors et je songe à ces moments de forme masculine souveraine comme on se souvient d'une coupe de champagne ou d'une séance de nage matinale. Rien ne pouvait m'abattre, j'en avais la certitude. Et rien ne m'abattait.

Quant à la pure exultation, le meilleur jour de ma vie fut le dernier que je passai sur l'Everest. La montagne avait été escaladée et j'avais déjà commencé à redescendre du glacier vers Katmandou, laissant l'expédition emballer ses équipements derrière moi. Combinant la ruse à l'ingéniosité, j'avais déjà envoyé, par l'intermédiaire d'un émetteur radio de l'armée indienne à Namche Bazar, à trente-deux kilomètres au sud de l'Everest, un message codé dont l'opérateur ne comprenait pas la signification; mais je ne savais pas s'il avait bien atteint Londres, aussi je me hâtais vers Katmandou et le bureau du télégraphe avec mon message final. Comme j'étais content de moi, tandis qu'avec deux porteurs sherpas, je bondissais à travers les moraines glacées vers la verdure au-dessous! J'étais ravi à cause du succès de mes amis dans la montagne, ravi de connaître l'événement, ravi de mon tonus musculaire, plein d'orgueil, ravi de me rappeler le subterfuge, qui équivalait à peu près à une fourberie, par lequel j'espérais avoir trompé mes concurrents et m'être assuré une primeur mondiale. Et puis toutes ces semaines passées à haute altitude m'avaient fait du bien et m'avaient donné une sorte de ferveur plus vive, comme si mon cerveau avait été stimulé par quelque drogue pour s'égaler à mon corps. Je ris et chantai jusqu'au bas du glacier et quand, le lendemain matin, j'entendis à la radio que mes informations étaient arrivées à Londres, par un effet de la Providence, le matin du couronnement de la reine Élisabeth, il me sembla que je venais moi aussi d'être couronné.

Je ne me soucie guère des airs avantageux que prennent les jeunes gens, c'est leur droit d'avoir l'air conquérant; j'ai éprouvé ce qu'ils éprouvent!

Une fois de plus, sur l'Everest, j'avais été le profane et l'intrus – officiellement, cette fois, aussi bien que tacitement. Aucun des grimpeurs n'aurait supposé, j'en suis sûr, à quel point je me sentais différent d'eux; cependant, ils se rendaient compte que je n'étais pas un alpiniste et que j'avais été attaché à l'expédition seulement comme spectateur. Au départ, j'étais censé me procurer moi-même mes vivres et mon équipement, mais il semblait si totalement absurde de maintenir une telle ségrégation à six mille mètres au-dessus de nulle part que je mis bientôt en commun mes ressources avec les leurs et dressai ma tente parmi les autres.

Néanmoins, sur l'Everest, je pris clairement conscience de certaines vérités me concernant. Bien qu'aussi entraîné que la plupart de ces hommes, j'avais des motivations différentes. J'aurais enduré presque n'importe quelle épreuve pour envoyer ces messages à Londres, mais je ne partageais pas l'ardent désir des alpinistes de mener à bien cette ascension. Peut-être était-ce un objectif trop abstrait pour moi – je n'étais certainement animé d'aucun respect pour la nature inviolée, qui ne m'a d'ailleurs jamais attiré car je préfère, comme George Leigh-Mallory, un mélange de familier et de sauvage. J'étais content quand ils conquirent l'Everest, mais je l'étais surtout pour une moins noble raison : par orgueil patriotique – un sentiment que je savais indigne de leurs efforts mais que je ne pouvais réprimer.

Je comprenais bien le goût masochiste du défi qui les animait, et qui me stimulait aussi, mais l'inutilité de l'exploit me déprimait. L'un des plus vieux himalayens, H. W. Tilman, cita un jour G. K. Chesterton pour illustrer le mobile des alpinistes : « Je pense que l'action démesurée a quelque chose d'humain et d'excusable; et quand je m'efforce d'analyser la raison de ce sentiment, je m'aperçois qu'elle réside non dans le fait que l'entreprise fut grande, hardie ou réussie, mais dans le fait qu'elle fut parfaitement inutile à tout le monde, y compris à la personne qui l'a réalisée. » Et j'ai tout lieu de croire que Leigh-Mallory voulait dire à peu près la même chose quand il parlait de faire l'ascension de l'Everest simplement « parce que l'Everest était là ». Mais ce butin insaisissable, cette main qui se referme sur le vide, ce néant me laissaient insatisfait comme, je crois, ils auraient laissé insatisfaites la plupart des femmes. Rien n'avait été découvert, rien n'avait été créé, rien n'avait été amélioré.

Je n'ai jamais tenu grand compte de la beauté des nuages parce que leur instabilité aérienne me semble les exclure de la beauté la plus vraie, de même que je n'ai jamais été très sensible à l'art cinétique et, si j'aime la lumière changeante dans la nature, c'est seulement parce qu'elle révèle de nouvelles formes et de nouveaux aspects des solides qu'elle éclaire. Je n'aime pas non plus la vue de la mer, à moins qu'on n'aperçoive une terre située au-delà. Une même absence d'intérêt pour l'éphémère ou le non-fini affaiblit mon appréciation du triomphe sur l'Everest, en 1953. C'était une grandiose aventure, je le savais, et mon rôle, qui consistait à communiquer au monde les émotions qu'elle suscitait, devait transformer ma vie professionnelle et me suivre sans cesse par la suite. Pourtant, même aujourd'hui, je n'aime pas ce vide, une fois le but atteint, cette parfaite inutilité et, tout en me sentant légèrement honteuse et ingrate, je ne peux m'empêcher de penser que tout cela fut plutôt absurde.

Car c'était presque une expédition militaire : il y avait, pour diriger, un colonel qui, peu de temps auparavant, appartenait à l'état-major de Montgomery; la petite armée de porteurs qui suivaient leur chemin sinueux courbés sous leur charge depuis le départ de Katmandou; les provisions méticuleusement empaquetées et étiquetées, les plans d'action détaillés, l'état d'esprit résolu et discipliné. Ce fut une expédition superbement réussie où aucun homme ne périt, où personne ne fut humilié et, quand je me la remémore aujourd'hui, sa cohésion m'apparaît comme un exploit spécifiquement viril. Une fois de plus, la ténacité fut la clé du succès. Les hommes sont plus doués que les femmes pour l'esprit d'équipe et cela vient en partie de ce que, s'ils sont du même âge, de la même catégorie et sont placés dans les mêmes conditions, ils agissent ensemble comme un mécanisme plus volontiers que les femmes. Les moments d'allégresse et d'abattement risquent moins de les détourner de leur but. Parce que leur allure est plus régulière, tous peuvent mieux s'y adapter.

Il y a en eux nettement plus de rythme que de mélodie.

En 1953, ce rythme était plus soutenu qu'il ne le serait maintenant, car il était alors conscient aussi bien qu'inné. L'expression hautaine et le jeu loyal étaient parties intégrantes de l'éthique britannique masculine, et l'amour-propre fut un puissant moteur de l'exploit. L'empathie sociale aussi renforçait l'impression de masculinité. J'avais déjà découvert à l'armée l'efficacité fonctionnelle due au sentiment de classe et je la retrouvai sur l'Everest. Les grimpeurs de Hunt étaient des hommes de la classe des officiers, comme on les aurait alors définis, et ils étaient liés par une communauté de goûts et de valeurs. Ils parlaient la même langue, partageaient un même genre de passé, goûtaient les mêmes plaisirs. Trois d'entre eux sortaient de la même école. Socialement, ils formaient une sorte de club; d'un point de vue impérialiste – et cette expédition était presque la dernière aventure de l'empire –, ils formaient un groupe de sahibs aidés de leurs multiples serviteurs.

On ne pourrait, je pense, appliquer ces mêmes catégories à des femmes d'une intelligence égale placées dans des circonstances analogues et d'ailleurs, aujourd'hui, on peut de moins en moins les appliquer aux hommes. L'appartenance à une classe a perdu sa fonction d'obligation; le patriotisme a perdu sa force exaltante; les jeunes hommes n'ont plus honte de leur faiblesse; la morgue hautaine a cessé d'être un idéal pour n'être plus qu'un effet comique de music-hall. La barrière entre les genres est plus fragile aujourd'hui et on ne verra plus dans l'Himalaya aucune expédition aussi complètement virile que celle de Hunt. Cela me gêne un peu de devoir reconnaître qu'à ce jour aucune n'a remporté le même succès.

Je n'ai pas besoin d'insister sur le sentiment d'aliénation que j'éprouvais en compagnie de cette formidable équipe. J'aimais beaucoup la plupart de ses membres et je suis restée en termes d'amitié avec certains d'entre eux, mais mon impression de demeurer à part était très forte et, bien qu'ayant accepté sans remords leur aide d'un bout à l'autre de l'aventure, je ne parvenais jamais à me complaire dans ma singularité. Je détestais me considérer comme un des leurs et quand, en Angleterre, on nous demanda de signer des menus, des cartes, ou de dédicacer des livres, j'eus soin de toujours signer « James Morris, du *Times* », jusqu'au moment où les alpinistes, s'imaginant que j'obéissais à des mobiles tout différents, me demandèrent de ne plus le faire. En même temps, par un caprice de mon amour-propre – car j'étais aussi un enfant du siècle –, je me sentais obligé de prendre des airs virils, peut-être autant pour me convaincre moi-même que pour convaincre les autres. J'exagérais même un peu. Je me laissai pousser la barbe et, à la fin de l'expédition, un jour où je marchais dans la salle de la presse, à l'ambassade britannique de Katmandou, avec ma timbale cliquetant à la ceinture de mon pantalon, l'opérateur de radio me demanda d'un ton acerbe s'il était nécessaire que je ressemble à un homme de la jungle. Il ne savait pas à quel point sa raillerie était cruelle et qu'en quelques mots il mettait en lambeaux plusieurs couches de peau protectrices.

L'Everest m'enseigna de nouvelles significations de la virilité et mit une fois de plus en évidence ma dichotomie intérieure. Cependant, de façon paradoxale, mes souvenirs les plus intenses de cette expérience évoquent avec insistance une vérité d'un genre tout différent. Souvent, quand il y avait un moment de répit sur la montagne, je redescendais sur le glacier et j'errais le long des moraines. Parfois je marchais vers le sud, en direction du lointain temple bouddhiste de Thyangboche où des cèdres de l'Himalaya ombrageaient le gazon vert et où les cloches, les gongs et les trompettes des moines résonnaient depuis le réfectoire où l'on marchait à pas traînants. Parfois, je grimpais dans la neige au nord, vers la grande muraille de Lho La, menaçante crête blanche au-dessus de laquelle se dressent les pics du Tibet. J'espérais vaguement apercevoir l'abominable homme des neiges et je cherchais aussi des traces de lémures et de lièvres des montagnes car on m'avait dit que parfois il s'en trouvait à cette altitude.

Je ne vis jamais aucun animal. Par contre, je rencontrai un jour un homme. Je le vis d'abord d'extrêmement loin, au-delà d'un champ de neige absolument nu, à environ cinq mille huit cents mètres d'altitude. J'étais monté là à partir du glacier, pour le spectacle. Tout d'abord, je fus effrayé car je ne pouvais discerner exactement ce qu'il était – une petite tache noire qui se balançait, indescriptiblement solitaire dans cette désolation. A mesure qu'il se rapprochait, je compris que ce ne pouvait être qu'un humain; alors je plongeai à travers la neige molle pour aller à sa rencontre et bientôt, là, près du sommet du monde, à plusieurs kilomètres au-dessus des derniers arbres et des voies du monde humain, nous nous trouvâmes face à face. Ce fut la rencontre la plus étrange de ma vie.

C'était un saint homme qui errait dans les montagnes, je suppose, pour le plaisir d'errer. Son visage brun, plissé et aplati répondit à mon regard, de sous son capuchon jaune, par un regard sans expression, comme si ma présence en cet endroit ne lui avait paru en rien étrange. Il portait un long manteau jaune et des bottes de peau crue; une cuiller et une sacoche en toile pendaient à sa taille. Il ne portait rien d'autre, pas de gants. Je le saluai de mon mieux mais il ne répondit pas; il ne m'adressa qu'un sourire distant et qui n'exprimait pas de surprise. Peut-être était-il en transe. Je lui offris un morceau de chocolat, mais il ne le prit pas, il demeura simplement immobile devant moi pendant un instant, souriant légèrement, presque comme une statue de glace. Nous nous séparâmes bientôt et il poursuivit sans un mot son voyage obstiné en direction, semblait-il, du Tibet, sans moyens de survie visibles; il se déplaçait d'un mouvement fier, glissant et sans effort qui semblait irrésistible. Il ne paraissait pas aller vite mais, quand je me retournai pour le regarder, il avait presque disparu et n'était plus, de nouveau, qu'un point noir qui avançait inexplicablement au-dessus de la neige.

Je lui enviai son insouciance et sa rapidité et je me demandai si lui aussi ressentait ce frémissement dans le corps, cette sensation de souveraineté qui avait si fortement accru mon sentiment de dualité sur les pentes de l'Everest. Mais plus j'y pensais, plus je me rendais compte qu'il n'avait pas de corps du tout.

10

Des traces de paranoïa - un monde mauvais - pas de place pour moi

Vers l'âge de trente-cinq ans, mon dégoût de moi-même devint plus spécifique et plus amer et je me mis à détester le corps qui m'avait servi si loyalement. Après avoir conçu Virginia, je commençai à expérimenter un autre traitement par les hormones, pensant qu'un certain degré de féminisation pourrait atténuer l'intensité de ma détresse et me permettre de tituber à travers la vie sans rechercher un dénouement plus décisif. Cependant, quand l'enfant mourut, je renonçai à cette tentative et me vis de plus en plus désemparé et écœuré à mesure que j'approchai de la maturité masculine. Ce fut la pire période de ma vie. Je ne savais que faire, j'étais torturé par un sentiment d'isolement à l'égard du monde et de moi-même, qui ne faisait que croître, je traversais des périodes de désespoir qui effrayaient Élisabeth et me débilitaient. Je commençai à souffrir de migraines d'un genre classique : distorsions visuelles et verbales qui étaient précédées de moments d'exultation insensée, comme si on m'avait injecté quelque drogue merveilleusement stimulante, mais qui s'achevaient lamentablement par des maux de tête épuisants.

Maintenant, pour la première fois peut-être, mes angoisses s'accompagnaient de traces de paranoïa. Je ne détestais pas seulement l'idée de ma masculinité et les preuves de ma virilité. Je trouvais insupportable jusqu'à mon appartenance au sexe mâle, je détestais être considéré comme un être masculin même par mes meilleurs amis. Comme j'avais encore toutes les apparences d'un homme, cela signifiait que j'étais à longueur de journées horripilé par le rappel de ma condition ou exaspéré par des plaisanteries bien intentionnées : « Cela ne vous intéresserait pas : ce sont des histoires de femmes » ou « Quel plaisir pour Joanna d'avoir un jeune homme dans la maison ! » Aux dîners de cérémonie, où je me trouvais généralement en compagnie de diplomates, j'en vins à redouter le moment où les dames quittaient la table, me laissant au supplice, seul avec le porto, les cigares et l'affreuse éventualité des histoires d'après-dîner. Je n'avais, alors comme toujours, guère d'autres moments de soulagement que ceux où des âmes sensibles reconnaissaient l'élément féminin qui était en moi et me le faisaient comprendre; ou mieux encore ceux où je me trouvais en rêve libéré de mes conflits et contemplant de haut et de très loin mon infortune, devenue aérienne :

> Seulement dans le sommeil
> la glace fondait
> qui l'emprisonnait
> et alors il volait
> au ras du monde
> et à toutes les distances
> par-dessus les océans

J'étais de plus en plus obsédé par mon dilemme; j'avais beau me concentrer énergiquement sur mon travail, trouver autour de moi les puissantes consolations de la famille et de l'amitié, rien n'y faisait. La tension m'éprouvait – pas seulement la tension de jouer un rôle, mais aussi la tension de devoir vivre dans un monde masculin. Cela avait d'abord été assez amusant dans l'atmosphère d'indulgente élégance du 9e lanciers, mais j'en étais venu, d'une façon confuse et malsaine, à avoir horreur de cette vie. J'avais été pendant dix ans un actif correspondant à l'étranger et si aucune vie ne pouvait être plus passionnante, aucune ne pouvait non plus apporter plus de désillusions. Aucun correspondant à l'étranger de ma connaissance n'a jamais été un snob ou un sycophante, mais peu étaient des optimistes. Ils ont vu trop tôt ce qu'il y a de pire dans la vie, et ils connaissent les procédés frauduleux dont s'accompagnent la célébrité et le pouvoir.

Quant à moi, je suppose, j'associai instinctivement ces procédés à la condition masculine puisque, en ce temps-là plus encore qu'aujourd'hui, le monde des affaires était dominé par les hommes. J'avais le sentiment de sortir d'un théâtre médiocre pour entrer dans la réalité quand je passais des manigances grotesques d'un bureau de ministre ou d'un salon d'ambassadeur dans le domaine privé situé au-delà, où les femmes s'occupaient des choses réelles de la vie, comme d'élever les enfants, de peindre des tableaux ou d'écrire à leurs familles. Et j'avais beau savoir que c'était de ma part un simplisme futile et que des réalités terribles dépendent des travaux des hommes publics, je ne pouvais m'empêcher de commencer à penser que la partie privée de la vie était la seule qui importait. Les hommes, quand ils se détournent de leur métier pour s'occuper de leur passe-temps favori, deviennent moins agressivement virils. C'est dans le vaste monde extérieur que leurs instincts les plus grossiers et les plus sots trouvent à s'exprimer; chez eux, comme les rubriqueurs de potins l'ont compris, ils peuvent être presque humains.

Et quel monde était-ce que celui dans lequel j'errais, de plus en plus désemparé, dans les années 1950 et 1960! Je ne décrivais guère que des catastrophes ou de mauvaises querelles; je m'envolais d'une guerre pour trouver une révolte, d'une famine vers un tremblement de terre, d'une chamaillerie diplomatique pour assister à un procès politique. J'écoutais les arguties de politiciens corrompus ou les discours ampoulés de généraux stupides. J'enquêtais sur des récits de tortures, de détentions arbitraires, d'intimidations. J'assistais à des pseudo-mariages de monarques en clinquant seulement désireux de perpétuer leur dynastie. Je voyais des gens écrasés sous les bombes et les roquettes, battus et déportés. Je rencontrai Che Guevara, alerte comme un chat à Cuba, et Guy Burgess bouffi par l'alcool et le remords à Moscou, et Kim Philby, dont je pensais que j'aurais pu l'aimer, mais qui nous trompa tous au Liban. Je regardai Eichmann pendant son procès, ennuyeux et courroucé à l'intérieur de sa cage en verre à l'épreuve des balles, l'homme ordinaire incarné en la personne d'un meurtrier. Je vis Powers, l'espion de l'air exhibé devant le Tribunal du Peuple, avec les paysans s'avançant d'un pas mal assuré pour donner leur témoignage, semblables à des personnages de Tolstoï, les juges trapus siégeant solennellement sur leur estrade, et j'eus le sentiment que de grandes forces invisibles agissaient par l'intermédiaire de ces marionnettes. J'observais mon armée bien-aimée qui se débattait et dégénérait de plus en plus à mesure qu'elle était forcée d'abandonner les derniers points d'appui de son empire, se retournant de temps à autre pour cracher de rage, comme un animal acculé, et finalement engagée dans la déplorable et ignominieuse affaire de Suez.

Partout je rencontrais d'infortunés otages de l'oppression ou du moins des circonstances : de malheureux écrivains pleins de talent en Pologne, de sinistres leaders noirs en Afrique du Sud, des ecclésiastiques frustrés en Rhodésie, des gens qui voulaient me faire passer en contrebande des lettres de Leningrad ou me faire entrer de l'argent à Prague, et partout à cette époque de jeunes patriotes qui, dans leur amour passionné de leur race ou de leur pays, croyaient voir dans la libération politique la réponse aux tourments du monde. Je vis les corps mutilés de politiciens en Irak, je vis les victimes du napalm carbonisées sur le Sinaï; je ne fus que trop souvent témoin des vociférations frénétiques et des outrances de la populace, un peu partout dans le monde, chaque fois qu'elle a une cause au nom de laquelle tuer ou incendier, ou quelque chef charismatique pour l'exalter. Philby me cita un jour un passage écrit de ma main dans lequel j'avais essayé d'exprimer mes sentiments au sujet de l'action britannique à Suez, quand nos alliés dans l'agression étaient les Israéliens et les Français. Il y avait à ce moment-là, d'après moi, « une dignité désespérée, pitoyable, dans le rôle joué par les Britanniques au cours de cette campagne vouée à l'échec, une dignité comparable à celle d'un pur-sang devenu furieux parmi les mustangs ». Philby trouvait cette phrase comique : « Une dignité désespérée, pitoyable! Un pur-sang devenu furieux! » Il en riait, mais sans humour et, dès ce moment, bien qu'il ne m'eût fait part d'aucun de ses secrets, je sus ce qu'il pensait. Il pensait qu'il n'y a pas de vraie dignité dans le monde des affaires, pas d'intégrité de pur-sang, ni de pitié. Tout y était pourri. Tout y était mensonge. Il n'y avait place pour aucune éventuelle innocence.

Pas non plus de place pour moi. N'allez pas me croire vaniteux si j'affirme que pendant quelques années, entre trente et quarante ans et au-delà, j'eus un monde à mes pieds. Mes travaux étaient bien connus des deux côtés de l'Atlantique et les possibilités qui m'étaient offertes étaient presque illimitées. Dans le journalisme, à la télévision, en politique, et même dans la diplomatie, j'aurais pu, sans aucun doute, m'assurer une longue carrière réussie. J'avais une extrême confiance en mes capacités et cela donnait confiance aux autres et m'ouvrait beaucoup de portes.

Mais je ne voulais rien de tout cela. Tout cela m'inspirait de l'aversion. Le succès auprès du public m'apparaissait, je suppose, comme un aspect de la masculinité et je m'en détournais délibérément, de même que je disais non à la condition virile. Je démissionnai de mon dernier emploi, renonçai à mes chances de réussite sociale et me mis à écrire des livres et à voyager pour mon propre compte. Je cultivais en moi l'impuissance.

11

Satisfaire mes sens - volupté à Venise - apaisement en Afrique - sublimations

Car si je ne souhaitais aucunement jouer un rôle actif dans les affaires du monde, je ne voulais pas non plus de la puissance sexuelle. Je souhaitais m'en débarrasser. Il suffit de se rappeler jusqu'où peuvent aller, dit-on, des Arabes âgés pour conserver leur virilité, fumant des peaux de lézards ou mangeant des cornes de rhinocéros réduites en poudre, pour comprendre à quel point cette ambition paraîtra surprenante aux yeux de la plupart des hommes. Cependant, je n'entends pas par impuissance un manque d'ardeur. Je n'ai jamais considéré l'acte sexuel comme la meilleure part de l'activité sexuelle et je compensais ce manque d'enthousiasme séminal par la variété de mes satisfactions sexuelles. C'étaient des plaisirs véritablement érotiques que m'apportaient les heures luxuriantes et alanguies des après-midi d'Oxford. Et je suis sûre aussi que l'extrême richesse de ma prose, qui trop souvent dégénérait en rhétorique, mais qui avait vraiment ses moments de splendeur, était en grande partie due à ce que j'étais.

Il se trouve que beaucoup des artistes que j'admire le plus, ou de qui je me sens le plus proche, semblent avoir mené des vies sexuelles limitées ou frustrées et canalisé vers leur œuvre leur personnalité, à moins qu'ils n'aient trouvé là un moyen de la mater. Je pense par exemple à Emily Eden, la spirituelle vieille fille qui écrivit la chronique de la vie anglo-indienne, à Jane Austen, à l'impuissant Ruskin; à Disraeli avec son épouse âgée et qui n'eut pas d'enfants; à Harold Nicolson et à son adorée Vita qui était bisexuelle; à Turner et à Mendelssohn, au voluptueux Flecker et à l'aberrant T. E. Lawrence. Je pense à mon cher Kinglake, célibataire champion des droits de la femme, dont une femme écrivit dans sa notice nécrologique : « Son livre *Eothen* vivra éternellement... mais lui, ce merveilleux composé d'orgueil, d'humilité, de réserve audacieuse et fervente, d'affection et de cynisme, nous ne le connaîtrons jamais. »

Robert Stoller, un psychiatre américain qui a étudié la transsexualité chez les enfants, a écrit au sujet des patients qu'il avait analysés : « Les intérêts artistiques de ces petits garçons sont d'un genre que notre société considère comme féminin plus que masculin; en effet, alors que ces garçons sont intelligents, actifs, curieux, capables d'originalité, leurs aptitudes créatrices sont d'ordre sensuel plutôt qu'intellectuel. Ils touchent, caressent, sentent, écoutent, regardent et goûtent : ils créent pour satisfaire leur sens. » Certes, créer pour satisfaire mes sens était ma propre méthode littéraire, ce qui explique peut-être une remarquable inexactitude dans l'usage des dates et une constante incapacité à placer correctement les quatre points cardinaux. J'étais, par nécessité, plus que discret dans mes sentiments et la plus grande part de mon affectivité se reportait sur les œuvres d'art, les beautés naturelles et, par-dessus tout, sur certains lieux.

C'est pourquoi je vous demande de m'accorder votre indulgence, maintenant que mon récit est à deux doigts de son dénouement, le temps que je décrive l'influence qu'eurent sur moi deux lieux précis. Ils ont signifié beaucoup pour moi, surtout en ces dernières années d'ambivalence – car, plus j'étais divisé, plus le besoin de voyager devenait pour moi obsédant.

Le premier est Venise. Venise est l'une des villes qui m'appartiennent parce que j'ai écrit un livre sur elle, mais c'est en même temps une ville dans laquelle je serai toujours un étranger. J'ai peu de traits communs avec les Vénitiens; je partage peu de leurs instincts; je circule à travers leur ville comme si je visitais quelque merveilleuse exposition, stupéfié par sa beauté et intrigué par ses habitants, mais à aucun moment je ne me sens l'un de ses indigènes.

Je vécus une première fois à Venise à la fin de la Seconde Guerre mondiale, lorsque je fus temporairement libéré de mes obligations militaires pour aider à organiser l'emploi des bateaux à moteurs de la ville. Tous les meilleurs bateaux avaient été réquisitionnés par l'armée britannique et notre travail consistait à vérifier qu'ils étaient convenablement utilisés par les militaires et que les généraux et les officiers d'état-major qui venaient, avec une fréquence suspecte, effectuer des visites officielles de la ville étaient dignement transportés le long du Grand Canal. Le travail était léger. Le charme de l'endroit était enivrant. J'eus très vite le sentiment que Venise était à moi et je me souviens encore de la joie de propriétaire avec laquelle, conduisant une fournée de hauts personnages vers un des luxueux bateaux, je les guidais dans leur première vision de la Sérénissime. Même les visages les plus sévères s'adoucissaient à mesure qu'une merveille succédait à une autre parmi le jeu des reflets et des couleurs, et même les plus hautains daignaient répondre à mes transports d'enthousiasme par un sourire visible bien que réservé.

De tous ceux qui ont écrit des livres en anglais sur Venise, aucun, je crois, n'a eu un premier contact avec elle comparable au mien. Venise était à demi déserte, à demi morte peut-être. Il n'y avait pas du tout de touristes. La guerre avait laissé la ville intacte mais mélancolique et elle était là, silencieuse et abandonnée dans sa lagune, toujours vêtue (du moins dans mon souvenir) de lumière vert pâle et pleine des échos de nos pas. La plupart des gens à qui j'avais affaire dans mon travail étaient des Vénitiens et ils me décrivaient souvent la splendeur de la ville avant la guerre, toujours rehaussée, affirmaient-ils, par la présence d'aristocrates et de vedettes de cinéma, l'organisation de galas et d'expositions. Mais je l'aimais telle qu'elle était et l'atmosphère à la fois pathétique et nostalgique qui l'imprégnait en ce temps-là a communiqué pour toujours sa tonalité à ma vision de Venise et finalement, maintenant que des sensations très différentes s'y sont ajoutées, m'a laissé désenchanté.

L'exubérance de Venise, je la connus beaucoup plus tard, quand Élisabeth et moi eûmes notre appartement sur le Grand Canal, dans le petit palais rouge au coin du Rio San Trovaso. Tous nos frais étaient payés par des éditeurs et des rédacteurs en chef de revues, nous avions un bateau et deux enfants joyeux et nous vivions là dans un ravissement à peu près constant. Nous passâmes à Venise toute une année en famille et fîmes l'expérience de ses longs hivers pénibles et de ses étés cuisants aussi bien que de ses printemps paradisiaques; mais nous ne nous occupions guère des saisons car nous vivions dans un temps à nous et naviguions sur la lagune dans notre petit bateau qui faisait eau, hardis comme des Tritons du littoral.

Surtout audacieux le soir car, parfois, après dîner, particulièrement si nous avions à la maison des amis venus d'Angleterre, insouciants et égayés par le vin, nous descendions doucement l'escalier du vieux palais, bravant les rais de lumière subrepticement apparus aux jointures des portes fermées d'une chaîne ou entre les rideaux d'une fenêtre, qui révélaient l'intérêt sans relâche que nous portaient nos voisins. Nous détachions le bateau de son amarre dans le canal latéral, faisions non sans mal démarrer le moteur puis voguions sur le Grand Canal et, au-delà de la massive Salute, nous entrions dans la vaste lagune comme en quelque contrée inexplorée. Je ne connais pas de sensation plus merveilleuse que de flotter sur la lagune vénitienne, légèrement éméché, en compagnie d'amis, au cœur d'une nuit d'été. L'eau semble alors visqueuse et d'un noir d'encre. L'odeur est un mélange capiteux de boue, de sel et d'eau d'égout. Un mugissement et un sifflement lointains rappellent la présence du large par-delà le Lido. Et là-bas vers l'ouest (je crois), Venise en ses oripeaux de velours chevauche les ténèbres, toute lumière et fantaisie, et les formes pâles de ses bâtiments se déplacent l'une vers l'autre en de saisissants jeux de perspective. Le spectacle me rendait muet de plaisir et, passant le gouvernail à quelqu'un d'autre, je me couchais à l'avant du bateau, laissant traîner mes doigts dans l'eau boueuse, cédant à ce que je crois encore avoir été les plus véritablement libidineuses des émotions variées de toute une vie – au désir amoureux de Venise.

Longtemps après que nous eûmes quitté la ville, je m'arrangeai pour y revenir presque chaque année et Venise joua un rôle essentiel sur ma sensibilité et sur ma pensée autant que sur mon orientation professionnelle au cours de ma vie. Comme Oxford, Venise m'a toujours paru féminine, je voyais en elle une sorte de pétrification du principe féminin – dans sa grâce, sa sérénité et son éclat, un équivalent de pierre de tout ce que j'aurais voulu être. Il y avait habituellement, en ce temps-là, une mendiante aveugle sur les marches du pont de l'Accademia, du côté de la galerie. Elle s'asseyait par terre, adossée au parapet du pont, les genoux ramenés sous sa jupe de serge, et tendait la main pour demander la charité. Je cherchais à revoir cette femme chaque fois que je retournais à Venise et, en général, je lui donnais quelque chose en passant lorsque je me dirigeais vers Saint-Marc; mais un jour j'allai plus loin et, tout en lui glissant quelques lires, je serrai aussi sa main. Alors un miracle se produisit : elle serra la mienne et, à la pression qu'exercèrent ses vieux doigts, j'eus la certitude que, dans sa cécité, elle me comprenait et que sa réaction était celle d'une femme à une autre femme.

Je connus beaucoup plus tard la sympathie de l'Afrique. J'avais toujours détesté ce continent, à l'exception des régions qui avaient été touchées par la lumière de l'Islam. Je haïssais les fétiches, les amusements bruyants dénués de signification, les limaces comestibles, les cruautés tribales, les arrogants politiciens parvenus, les ridicules généraux à épaulettes, l'art effrayant, le vide de l'histoire (car, même maintenant, je suis sceptique en ce qui concerne les civilisations perdues du passé africain). L'Afrique noire me semblait être tout ce que je ne voulais *pas* être, du bon enfant au haineux, en passant par le prétentieux. Je trouvais le Noir africain aussi incompréhensible qu'un habitant de la lune – certainement beaucoup plus différent de moi que mon chat ou mon chien de berger, Sam – et, bien que sachant, intellectuellement, qu'il y a chez les Noirs la même diversité que chez les Blancs, qu'il existe de bons et de mauvais Africains, de sages et de fous, qu'ils saignent et pleurent comme des Juifs ou des Gallois, d'instinct je les considérais pourtant comme un seul peuple et ne me fiais pas à leurs valeurs.

Mais beaucoup plus tard, au cours de mes voyages, quand mes réactions eurent changé et que ma sensibilité fut devenue plus souple, je me mis soudain à voir les Africains noirs d'une façon entièrement différente. J'appris à les accepter non en fonction de mes valeurs, mais des leurs. J'étais un enfant de l'ère impériale et cette évolution fut difficile, comparable, je pense, aux difficultés que des parents « vieux jeu » éprouvent pour accepter les relations prémaritales, ou aux vains efforts de certaines personnes pour apprécier la musique électronique. Cela signifiait pour moi prendre un nouveau départ et le premier indice que j'eus de quelque chose de différent en Afrique, de quelque chose de beaucoup plus proche de mes propres réalités que tout ce que j'avais jamais eu l'occasion de voir, je le trouvai dans un récit folklorique des Ashantis, qui sont encore à mes yeux les plus inquiétants de tous les Africains.

C'était l'histoire d'un pauvre chasseur qui, miraculeusement élevé un jour à la royauté, se trouva transporté dans un luxueux palais et libre de mener une vie hédoniste. Chacun de ses souhaits était exaucé, chacun de ses besoins satisfait, à ceci près que, pour des raisons inexpliquées, il lui était interdit d'ouvrir une certaine porte du palais. Pendant des années, il ne se soucia pas de cette interdiction et vécut heureux parmi ses plaisirs; mais un jour la porte se mit à le tracasser et l'interdit prit dans ses pensées une importance absolument hors de proportion avec ses nombreuses libertés. A la fin, il ne put supporter plus longtemps cette situation et, écartant ses serviteurs, ignorant les avertissements des sages, passant outre aux cliquetis de dissuasion que produisaient les sorciers avec des osselets de singes, il ouvrit la porte et regarda à l'intérieur. Que vit-il? Rien d'autre que lui-même, tout en haillons dans un coin de la pièce, le même pauvre chasseur que jadis.

Cette histoire me toucha considérablement et je commençai à voir, derrière ce qu'avait de fruste et d'irritant la vie africaine, des réalités beaucoup plus profondes. Je changeai de point de vue. Je ne voulais toujours pas être gouverné par des Africains, mais ils ne cherchaient nullement à me gouverner. Je voyais maintenant, derrière leurs rires agaçants et leurs vantardises, des sensibilités beaucoup plus tourmentées et vulnérables – des peurs et des gênes que je n'avais pas décelées avant, des intentions que je ne pouvais partager, des traditions que je ne pouvais vraiment comprendre. De même que mon Polonais avait représenté l'infini par son apologue sur l'univers, il m'apparut qu'au-dedans de l'esprit africain, il devait y avoir des équivalents exacts de mes propres conceptions. Je me vis comme un Anglo-Gallois amateur, un curieux composé, divinement heureux à un certain niveau, profondément malheureux à un autre, tiraillé en tous sens par un imbroglio de fantasmes et de tourments, exalté par le patriotisme, inhibé par son éducation, inépuisablement amoureux. Et je commençai à comprendre qu'il pouvait exister des versions africaines de ce que j'étais, des répliques exactes de moi, dont les soucis étaient tout aussi obsédants que les miens et dont les émotions, sous les masques et le tapage, étaient au moins aussi profondes.

Ainsi, au fil des années, lors de visites répétées, j'en vins à considérer l'Afrique noire comme une influence apaisante et, au bout d'un certain temps, je m'aperçus que les Africains ne m'ennuyaient plus avec leur cordialité grégaire mais me laissaient voir plus franchement le calme profond de leurs âmes. Cette empathie croissante m'a été bienfaisante. Je ne suis pas une adepte de l'écologie à la mode, je ne crois pas à la nécessité des déserts et j'accepte l'homme et ses œuvres comme la force dominante de la nature. Mais je suis arrivée à saisir, à l'intérieur du mystère du génie africain, par-delà les voiles de la superstition, de la crainte et du ressentiment, quelque chose de la magie de la terre. Je comprends comment ces subtilités ont été préservées par le calme des paysages africains, l'incomparable spectacle des nuits étoilées de ce pays, le battement d'ailes des oiseaux aquatiques au-dessus des lacs africains et ce lourd silence parfumé interrompu seulement par le bruissement des sauterelles et les cris rauques des invraisemblables oiseaux de nuit qui s'abattent sur l'Afrique quand le soleil se couche.

Plus tard, je tentai de m'appliquer à moi-même ces remèdes, mais il me fallut des années pour reconnaître leurs vertus curatives. Un jour, au Kenya, dans un parc à gibier, je vis une famille de phacochères se vautrer maladroitement, avec une précipitation affolée, dans l'herbe. Bien que je méprise ceux qui trouvent les animaux comiques ou les avilissent dans des zoos ou des cirques, ou au nom de la science, je ne pus m'empêcher de rire devant ce bizarre spectacle. Mon compagnon africain eut raison de me réprimander : « Vous ne devriez pas vous moquer d'eux, dit-il. Entre eux, ils se trouvent beaux. »

J'ai passé la moitié de ma vie à voyager à l'étranger. Je l'ai fait parce que cela me plaisait et pour gagner ma vie et ce n'est que récemment qu'il m'est apparu que cette incessante errance était une expression extérieure de mon voyage intérieur. Cependant, je n'ai jamais douté qu'une grande part de la force émotionnelle, que les Gallois appellent *hwyl* et que les hommes dépensent ordinairement par la sexualité, était chez moi sublimée en activité itinérante – peut-être par le mouvement lui-même, car j'ai toujours aimé la vitesse, le vent et les grands espaces. (Contestant un jour, dans l'un de mes écrits, la conception du paradis de Sydney Smith, qui consistait à manger un pâté de foie gras au son des trompettes, j'exposai la mienne : rouler à toute allure à travers la Castille dans une Rolls-Royce dernier modèle, à toit ouvrant, un concerto de violon de Mendelssohn à la radio et mon chat abyssin à côté de moi sur les sièges avant. Un lecteur dont les pulsions sont différentes des miennes m'écrivit pour dire qu'il était d'accord sur la voiture, le lieu et même la musique mais que, comme compagnie, il choisirait quelque chose de rudement plus intéressant qu'un *chat*).

Mais cela ne pouvait me suffire indéfiniment. Le besoin de bouger sans cesse s'épuisait à mesure que je prenais de l'âge et, de même qu'une chatte qui attend des chatons prépare un nid dans une grange ou une cheminée, un moment vint pour moi où l'errance devait prendre fin. Mon heure approchait. Ma virilité n'avait pas de sens. Avec l'aide affectueuse d'Élisabeth, je renonçai à poursuivre la tentation de vivre au masculin et pris les premières mesures pour changer physiquement de sexe.

12

Changer de sexe - effets des hormones - un état précaire - protection de soi - les règles à suivre

Nos enfants grandissaient dans la sécurité; il me semblait que j'avais, dans la mesure où j'en étais capable, honoré les responsabilités de mon mariage; plutôt que de devenir fou, ou de me tuer ou, pire encore, de laisser ma profonde mélancolie contaminer tout mon entourage, j'acceptai le dernier recours du docteur Benjamin : faire modifier mon corps.

Personne, dans l'histoire de l'humanité, n'a jamais d'un homme véritable fait une véritable femme, si nous fondons le classement en hommes et en femmes sur des notions purement physiques. Des hermaphrodites ont peut-être fait varier l'équilibre de leur ambiguïté, mais personne, parmi ceux qui sont nés avec un corps parfaitement constitué n'est mort avec un autre corps. Donc, quand je dis que j'entrepris de changer de sexe, je m'exprime en sténographie. Tout ce qui allait se produire, c'était que mon corps soit aussi féminisé que la science pouvait le prévoir et la nature le permettre, c'était de rectifier les signes indicateurs de mon sexe de façon à les accorder plus rationnellement et plus exactement à ceux de mon genre. Les docteurs, dont les conceptions en ces matières sont souvent d'un simplisme qui frise l'obscurantisme, ont élaboré de nombreux critères pour déterminer le sexe et divisé le concept en plusieurs catégories. Il y a le sexe anatomique, le plus évident : seins, vagin, utérus et ovaires pour les femelles, pénis et testicules pour les mâles. Il y a le sexe chromosomique, le plus fondamental : la composition nucléaire du corps, qui n'est pas nécessairement conforme à l'anatomie, mais qui est acceptée comme un procédé empirique commode dans des domaines tels que celui du sport international. Il y a le sexe hormonal, l'équilibre chimique du mâle et de la femelle. Il y a le sexe psychologique, la façon dont les gens réagissent au monde, ce qu'ils ont conscience d'être.

Je n'étais guère intéressé par ces critères, car je considérais le sexe uniquement comme l'instrument du genre et je croyais que, pour moi comme pour la plupart des gens, l'interaction entre les deux dépendait étroitement de la personnalité et ne pouvait se mesurer par des analyses de sang ou des formules freudiennes. Tout ce que je voulais, c'était une libération, ou une réconciliation : vivre selon ma conscience, me loger dans un corps mieux approprié et réaliser enfin mon identité. Je ne voulais pas me presser. Je voulais voir d'abord si c'était faisable. Lentement, soigneusement, avec d'infinies précautions contre l'erreur, je commençai les expériences chimiques qui devaient me faire perdre beaucoup de mes caractéristiques masculines et me faire acquérir quelques caractéristiques du sexe féminin. Ensuite, si tout se passait bien, plusieurs années plus tard, je prendrais l'ultime mesure et ferais compléter le changement par la chirurgie.

De mon point de vue, j'avais toujours été une femme et je n'allais pas changer ma vérité mais supprimer une apparence trompeuse – mon statut aussi, peut-être ma place parmi mes pairs, mes attitudes sans aucun doute, les réactions que je produirais, ma réputation, ma façon de vivre, mes projets, mes émotions, peut-être mes capacités. J'allais faire passer mon corps d'une conformation masculine à une conformation féminine et, du même coup, changer de rôle public, me débarrasser de mon personnage d'homme pour entrer dans un rôle de femme. Ce changement est l'un des plus décisifs dans la vie d'un être humain; il était totalement inconnu jusqu'à notre époque et, même aujourd'hui, il n'a été expérimenté que par une très faible minorité. Mais il me semblait tout naturel et je n'éprouvai, en l'entreprenant, rien d'autre qu'un sentiment de gratitude, comme un voyageur égaré qui retrouve enfin la bonne route.

Ces événements m'avaient été secrètement prédits. A Xoïs, une devineresse, en me disant mon avenir dans sa sombre hutte du Transkei, m'avait affirmé longtemps à l'avance qu'un jour je serais aussi une femme, et un de mes lecteurs de Stockholm m'avait prévenu à plusieurs reprises que le roi de Suède me faisait changer de sexe au moyen de rayons invisibles. J'avais longtemps vu dans ma quête une sorte de mystérieuse intention spirituelle, comme si j'étais à la recherche de quelque Graal ou comme si je tentais d'atteindre l'Unité. Il n'y avait cependant rien de mystique dans les substances que j'employais maintenant pour parvenir à mes fins. Depuis la découverte des hormones au début du siècle, elles avaient été isolées et reproduites avec succès; et les pilules que je prenais trois fois par jour, au début de ma métamorphose, étaient fabriquées au Canada à partir de l'urine de juments en état de gestation.

Le docteur Benjamin me les prescrivit par ordonnance et je les pris avec une impeccable régularité pendant huit ans, en même temps que des hormones femelles synthétiques. Un rapide calcul m'indique qu'entre 1964 et 1972, j'ai avalé au moins douze mille pilules et que mon organisme a absorbé jusqu'à cinquante mille milligrammes de substance femelle. Sans doute une grande partie de tout cela fut-elle sans effet, le corps éliminant automatiquement ce qu'il ne peut assimiler. Le reste fut efficace : d'une personne qui avait l'air d'un homme en bonne santé ayant des dispositions sexuelles orthodoxes et approchant de l'âge mûr, je me transformai graduellement en quelque chose de dangereusement proche d'un hermaphrodite, n'ayant l'aspect ni d'un homme ni d'une femme, et plus ou moins sans âge. On m'avait affirmé que ce processus était réversible et que si, au bout de quelques années d'essai, je décidais de ne pas aller plus loin, je redeviendrais progressivement un homme. Mais naturellement, plus j'avais l'air nettement féminin, plus j'étais heureux, bien que devenant aux yeux des gens en général un objet de curiosité et, j'en ai peur, de gêne – ce que d'ailleurs tous se gardèrent de jamais laisser voir à Élisabeth et aux enfants.

Le changement fut infiniment graduel. J'avais l'impression d'être un Dr. Jeckyll et Mr. Hyde au ralenti, bricolant avec des éprouvettes et des cornues dans mon sombre laboratoire. Mais les effets étaient si subtils qu'ils ne semblaient pas du tout artificiellement provoqués. Pendant des années, des relations de tous les jours ne les remarquèrent pas. On pouvait croire qu'il s'agissait d'un aspect du processus naturel de vieillissement. Sauf que, fort heureusement, ses effets étaient inverses et me rajeunissaient. Le premier résultat ne fut pas exactement une féminisation de mon corps, mais un dépouillement de l'enveloppe rugueuse dont est revêtue toute personne mâle. Je ne parle pas seulement des poils du corps, ni même de l'épaisseur de la peau, ni des dures protubérances des muscles : tout cela disparut en fait au cours des quelques premières années du traitement, mais autre chose disparut aussi, de moins tangible, que je sais aujourd'hui être spécifiquement masculin : une sorte de couche invisible d'élasticité en réserve qui forme un bouclier aux mâles de l'espèce mais qui, en même temps, amortit les sensations corporelles. On dirait que le corps de l'homme a été aspergé d'une substance protectrice par un aérosol divin, de sorte qu'il est moins directement en contact avec l'air et le soleil, plus puissamment ramassé en lui-même sur ses propres ressources.

Cette apparence, car ce n'est en réalité guère autre chose, m'était maintenant retirée et je me sentais à la fois physiquement plus libre et plus vulnérable. Je n'avais plus d'armure. Il me semblait sentir mieux non seulement la chaleur et le froid mais aussi les stimulants du monde qui m'entourait. Je goûtais l'agrément du soleil d'une façon plus directe et physique et, pour la première fois de ma vie, je compris pourquoi les gens paressent sur les plages. La morsure du vent froid me pénétrait plus cruellement. C'était comme si je pouvais réellement sentir l'air peser sur mon corps ou me dépasser en tourbillonnant. Et je m'imaginais que si je fermais les yeux, la présence du clair de lune allait rafraîchir mes joues. J'étais beaucoup plus léger sur la terre, mais plus léger aussi dans mes mouvements; non plus ardent et fougueux comme j'avais été sur l'Everest, mais aérien et bondissant. On aurait dit que mon sens de la pesanteur s'était transformé, avait rendu mon équilibre plus fin et plus subtil. Je faisais souvent des rêves de lévitation et je trouvais curieusement plus facile qu'autrefois de me glisser hors de portée quand je voyais approcher dans la rue quelque connaissance assommante, comme si je pouvais réellement m'enlever dans les airs pendant quelques instants.

Tout ceci contribuait à me rajeunir. Ce n'était pas seulement une question d'*apparence* : sauf en termes de simple chronologie, j'étais véritablement plus jeune. Je vivais ce rêve séculaire : avoir une seconde jeunesse. Mon teint était plus clair, mes joues plus roses, ma silhouette plus svelte. Ce qui était encore plus important : je faisais vraiment un nouveau départ. Tout se passait comme si j'avais échappé aux engrenages de la vie, comme si j'étais revenu à un cycle antérieur pour le parcourir une deuxième fois, ou comme si j'avais atteint une de ces reprises dans une sonate, qui commencent de façon identique mais se terminent avec une différence piquante. La vie et le monde me paraissaient neufs. Même mes rapports avec Élisabeth, qui perdirent bientôt leurs derniers éléments de contact physique, prirent un caractère plus lucide. Mon corps me sembla grandir en complexité, eut des réactions plus frémissantes, mais mon âme fut plus simple. J'avais toujours aimé les animaux mais je me sentis plus proche d'eux et parfois je me surpris même en train de parler aux fleurs du jardin, leur souhaitant de Joyeuses Pâques ou les remerciant du beau spectacle qu'elles offraient. (« Est-ce que tout cela ne lui a pas un peu troublé l'esprit ? » demanda l'un des lecteurs de mon éditeur à propos de ce passage, qui était déjà dans un premier brouillon du livre. Mais non : cela faisait des années que je parlais à ma machine à écrire et pas toujours en termes aussi aimables.)

Au début, les gens trouvèrent que je paraissais inexplicablement jeune et consultèrent le *Who's Who* pour essayer de justifier leur effarement, ou bien me comparèrent méchamment à Dorian Gray (dont le portrait vieillit tandis que lui reste jeune, vous vous souvenez, jusqu'à l'affreux retournement de situation du dernier chapitre). J'avais été dans le passé un personnage peu banal à mon modeste niveau et j'étais habitué à me voir entouré du respect qu'un Anglais cultivé peut s'attendre à rencontrer partout dans le monde, du moins de nos jours. Les gens n'étaient pas souvent impolis avec moi, encore moins condescendants. Les chauffeurs de taxis m'appelaient quelquefois « chef », les secrétaires enlevaient leurs lunettes et les gens invités chez moi, connaissant ma violente aversion pour le tabac, se cachaient parfois derrière les arbres pour fumer subrepticement une cigarette. Or, les choses commencèrent à changer.

Je remarquai dans l'attitude des gens à mon égard quelque chose de familier ou même de protecteur. Des chauffeurs de taxis étaient étonnés quand je leur demandais de me conduire à mon club et disaient que ça n'avait pas l'air d'être un endroit pour moi. Les serveuses étaient maternelles et n'attendaient de moi que de modestes pourboires. Lorsque Élisabeth et moi dînions ensemble, la plupart du temps c'était à elle qu'on remettait l'addition et, un jour où je rendais visite à l'un de mes fils à Eton et où nous regardions avec convoitise un hibou empaillé dans la vitrine d'un antiquaire (le hibou est maintenant à côté de moi), l'infirmière d'un collège, qui passait par là, nous demanda s'il n'était pas temps pour nous deux de rentrer.

Mais au bout d'un an ou deux, la nature de ma métamorphose devint plus visible, je me mis non seulement à paraître plus jeune, mais plus féminin. Ce ne fut plus seulement la consistance, mais la forme de mon corps qui commença à changer. Ma taille s'amincit, mes hanches s'élargirent un peu et mes petits seins s'épanouirent timidement. Mes cheveux qui avaient été bouclés et frisés devinrent plus soyeux et plus longs, mon attitude et mes manières, bien que je ne fisse rien pour les modifier, prirent de mois en mois des airs plus féminins. Je devins un personnage quelque peu équivoque. Certaincs personnes supposaient que j'étais un homosexuel, d'autres que j'étais déjà une femme et me recevaient comme telle. J'avais atteint une position intermédiaire et paraissais probablement, vu de l'extérieur, plus ou moins ce que j'avais toujours été intérieurement.

Dépouillé de mes vêtements, j'étais une chimère, à demi mâle et à demi femelle, un objet d'étonnement, même pour moi. Je ne pouvais plus nager dans notre rivière, ce qui avait été l'un des grands plaisirs de ma vie et je dus renoncer à ma vieille habitude de plonger dans n'importe quel bassin, lac ou océan que je rencontrais au cours de mes voyages. Parfois cependant, par une belle journée d'été, je faisais un pèlerinage à un petit lac que je connaissais dans les montagnes appelées les Glyders, dans les Galles du Nord. Là, je pouvais me baigner seul. De bonne heure le matin, je grimpais dans les collines jusqu'à l'endroit où était ce lac bordé de joncs et paisible, près d'une légère dépression. La lumière était pâle et brumeuse, l'air piquant et, tout autour, les collines galloises paraissaient bleues. Le silence était total. Je me déshabillais et là, seul en ce haut lieu du monde, j'étais pour un instant une figure mythologique, monstrueuse ou divine, un être comme ces montagnes n'en avaient jamais vu. Et quand, marchant lentement parmi les roseaux et sentant l'eau glacée monter au-dessus de mes reins, jusqu'à mes seins tremblants, je me laissais étreindre par l'étang, je pensais que la fable pourrait bien finir là, comme elle l'aurait fait dans les meilleurs contes de fées gallois.

La situation d'androgyne m'apparaissait à certains égards comme un cauchemar, mais à d'autres comme une aventure. Imaginez, si vous le pouvez, le moment où, ayant passé à la douane de l'aéroport Kennedy, à New York, j'arrivais au contrôle. Vêtu comme je l'étais d'un jean et d'un chandail, je n'avais aucune idée du sexe auquel les policiers supposeraient que j'appartenais et je devais préparer des réponses correspondant à l'une ou l'autre éventualité. Je sentais qu'ils m'examinaient en silence tandis que j'approchais d'eux dans le corridor et pendant qu'ils fouillaient mon sac à courroies, je tendais l'oreille dans l'espoir qu'un « monsieur » ou un « madame » me dicterait la conduite à suivre. Au-delà du corridor, je le sais, la file se divise : les hommes d'un côté pour la fouille masculine, les femmes de l'autre et, jusque-là, je n'ai aucune idée de celle que je dois prendre. D'un côté comme de l'autre, un soigneux examen révélerait des ambiguïtés anatomiques et je devrais affronter toutes les ignominies d'un questionnaire et d'une inspection détaillée, la gêne réciproque, l'amusement ou le mépris, les excuses faites d'une voix rude et les petits rires derrière mon dos. Mais ni « monsieur », ni « madame » ne sont prononcés et je passe avec méfiance de l'autre côté d'un rideau; je reste indécis à l'endroit où bifurquent les voyageurs. Suit un affreux moment; il me semble que tout le monde me regarde. Puis : « Avancez là-bas, madame, s'il vous plaît, ne bloquez pas la circulation », et je rejoins instantanément la file des femmes; je suis gentiment et (il se confirme bientôt) pas très habilement fouillé par une jeune fille qui me remercie de ma bonne volonté, et j'émerge de cette nouvelle petite épreuve satisfait (car naturellement j'avais espéré depuis le début cette conclusion), mais aussi ébranlé.

Ma condition est précaire. Il faut vivre au jour le jour, un moment après l'autre, en s'adaptant rapidement aux circonstances. Au cours d'un voyage en Afrique du Sud, on me dit un jour, au moment du déjeuner, que je devais porter un col et une cravate dans la salle à manger et, au moment du dîner, que je ne pouvais pas entrer en pantalon. Dans un train allant d'Euston à Bangor, un homme qui venait de me demander si j'avais joué au cricket à Oxford fut stupéfait d'entendre le serveur me dire en plaçant mon potage devant moi : « Voilà, ma jolie, bon appétit! » A Denver, une dame qui avait commencé à me vendre une valise comme si j'étais un homme, fut prise de doutes au cours de l'opération et, changeant subtilement de technique de vente, passant du ton dogmatique à celui de la confiance, finit par me demander si je ne voulais pas acheter aussi un nouveau sac à main. Des gens très inattendus, comme les employés du port de New York ou des linotypistes, passaient leur bras autour de ma taille et me faisaient des déclarations, mais je ne pouvais jamais savoir de quel sexe ils me croyaient et nous nous séparions avec un sentiment de mystification mutuel. Mon collègue H. V. Morton, quand je lui rendis visite pour la première fois à sa maison du Cap, fut averti par sa bonne qu'une dame était venue le voir et, lors de mon départ, il me compara à Ariel, personnage immatériel, mal défini et toujours vagabond.

Les façons de réagir à mon ambivalence variaient beaucoup d'un pays à un autre, d'une culture à une autre. Chez les peuples sans malice, le problème était minime. Ils posaient simplement la question. A l'arrivée d'un voyage en avion de Darjeeling à Calcutta, par exemple, que j'avais eu le plaisir de faire en compagnie d'une famille indienne, la fille vint vers moi tandis que nous attendions devant le comptoir où l'on distribuait les bagages et me dit simplement et poliment :

– J'espère que vous ne m'en voudrez pas de vous poser cette question, mais mes frères voudraient savoir si vous êtes un garçon ou une fille.

A Mexico, après m'avoir regardé fixement pendant plusieurs jours et avoir constaté avec stupéfaction la simplicité de ma garde-robe de voyage, des femmes de chambre vinrent un jour en délégation à ma porte et me dirent :

– Nous voudrions savoir, s'il vous plaît, si vous êtes un monsieur ou une dame.

J'ouvris largement ma chemise pour montrer ma poitrine et elles me donnèrent un bouquet de fleurs quand je partis.

– Êtes-vous un homme ou une femme? demanda le chauffeur de taxi de Fidji tandis qu'il me conduisait à l'aéroport.

– Je suis une veuve anglaise, respectable, riche et d'un certain âge, répliquai-je.

– Bon, dit-il, juste ce qu'il me faut, et il posa sa main sur mon genou.

Les Américains supposaient généralement que j'étais une femme et me comblaient de menues attentions. Les Anglais, je crois, surtout les Anglais des classes cultivées, trouvaient l'ambiguïté séduisante en elle-même. A mesure que je devenais apparemment moins homosexuel et plus évidemment quelque chose d'ésotérique, je trouvais leurs réactions de plus en plus agréables, toujours pimentées de cette soudaine lueur d'amusement et d'attirance que toute femme connaît et qu'aucun homme ne peut imaginer. Les Français étaient curieux et cherchaient à engager la conversation pour satisfaire leur curiosité, évitant habilement les questions directes, bavardant de choses et d'autres jusqu'au moment où se produisait une brusque plongée au cœur du problème :

– Vous êtes marié, oui? Où est votre – heu – votre femme – ou est-ce votre mari, c'est cela?

Les Italiens, nettement incapables de concevoir la signification d'un pareil phénomène, regardaient fixement avec impolitesse ou se donnaient des coups de coude sur les piazzas. Les Grecs étaient énormément amusés. Les Arabes me demandaient d'aller me promener avec eux. Les Écossais paraissaient choqués. Les Allemands inquiets. Les Japonais ne remarquaient rien.

Mais deux sortes de personnes abordaient l'énigme de façons très différentes. Dans tous les pays occidentaux, les jeunes gens ne paraissaient pas s'intéresser à ce que j'étais, ils attendaient, semblait-il, que je décide moi-même, n'exprimaient aucune surprise et me traitaient avec la même familiarité quel que fût mon choix. Les Noirs d'Afrique, les hommes aussi bien que les femmes, me donnaient le sentiment que ma situation avait quelque chose de privilégié. Ils me regardaient avec leurs yeux brillants. Proches comme ils l'étaient de choses plus étranges, sensibles à une musique que je ne pouvais entendre, à des phénomènes que je ne pouvais voir, ils me traitaient comme un mystère mineur et m'aimaient beaucoup. Les vieux me tenaient longuement les mains d'un air pensif, comme si ce contact devait les améliorer. Les femmes me demandaient de m'asseoir parmi elles, sans raison précise, simplement pour partager ma présence. Je descendais un jour les marches menant à l'embarcadère de Freetown, en Sierra Leone, où furent jadis débarqués les esclaves libérés pour commencer une nouvelle vie dans la colonie. J'étais poursuivi par une bande d'enfants jacassants et curieux qui s'attachaient à mes pas, riaient et donnaient des coups de pied aux cailloux. J'aimais bien leur joyeuse compagnie mais, le long du quai, un grand surveillant du port se constitua mon protecteur et les dispersa en disant : « Allez-vous-en, allez-vous-en. Cette Personne est Seule », comme si, dans mon étrange isolement, je n'étais pas tout à fait incarné.

A la longue, j'acceptai cet état intermédiaire. Dans le seul roman que j'aie lu sur le passage d'un genre à l'autre, le tragique *I know what I want* (Je sais ce que je veux), le héros/héroïne décide à un certain moment de n'être qu'un phénomène aberrant « bizarre, malheureux, tordu ». J'étais résolu à ne jamais me voir de cette façon. Le monde pouvait me prendre ou me laisser mais, un jour, j'en étais sûr maintenant, j'émergerais de mon étrange chrysalide, sinon comme un papillon, du moins comme un insecte présentable. Si la vie vous donne un citron, remarquait un jour un sage Américain, faites-vous une citronnade. En attendant, naturellement, j'étais parfois blessé. De mon naturel, je ne suis pas exhibitionniste et, sans être non plus une pudique violette, je préfère attirer l'attention pour des raisons plus simples. J'étais blessé plus facilement que je ne voulais l'admettre, même par-devers moi, et ma famille le sentait souvent et en souffrait avec moi. « Cet homme me regarde fixement », dit un jour mon petit Tom en serrant ma main pour se rassurer. Mais je savais que c'était *moi* qu'il regardait, et je pense que Tom aussi le savait.

Ce fut au Cachemire que j'utilisai pour la première fois mon caractère chimérique comme un manteau drapé autour de moi ou, plus exactement peut-être, comme le voile d'une musulmane qui la protège de tant de tracasseries et lui permet de paraître extérieurement le plus à l'aise alors qu'elle est le plus gênée intérieurement. Dans cette vallée heureuse, je trouvais mon statut particulièrement incertain et il me semblait que j'avançais à tâtons à travers un réseau de malentendus, d'équivoques et de multiples situations embarrassantes. Les colporteurs du lac qui glissaient le long de ma maison flottante dans leurs bateaux plats et apparaissaient soudain au-dessus de la barre d'appui ou à travers les fenêtres de la salle à manger comme des êtres amphibies me trouvaient aussi stupéfiant que je les trouvais moi-même. Quant à mon logeur, à aucun moment il ne sut si son client était un homme ou une femme car je ne répondis jamais à ses questions autrement que par un haussement d'épaules circonspect et incertain.

Pour me protéger contre ces perplexités, je me réfugiai dans la transcendance et, pendant tout le reste de mon séjour dans les limbes, j'utilisai souvent ce procédé.

Naturellement, c'était le Cachemire lui-même, où des générations de sages ont recouru à l'imagination comme moyen de protection contre le malheur, qui m'avait inspiré cette attitude. Au Cachemire, j'appris à abolir le temps, à écarter le vrai. Je répondais aux questions comme il me plaisait. Je me débarrassais de toutes ces inhibitions mentales qui, bien qu'inestimables dans la plupart des situations, se révélaient temporairement inappropriées dans la mienne. Je me défis du sentiment de honte qui m'avait coûté tant d'efforts. J'accédai, je suppose, à un autre plan et y passai de longues heures reposantes, examinant les petites algues sur le pont de ma maison flottante ou me plongeant dans cet autre classique de l'Octuple Voie vers le nirvâna : *Pride and Prejudice (Orgueil et préjugé*, de Jane Austen).

Car il ne faut pas croire que j'avais perdu la tête. Loin de là. J'étais entré dans ce nouvel état très consciemment et, l'ayant découvert au Cachemire, l'avais développé plus tard comme une technique. J'étais à cette époque une sorte de non-humain, un esprit ou un monstre, à votre choix. Aussi, quand le monde me pesait trop, je le quittais et j'allais errer à travers d'autres domaines de la sensibilité; comme les Mongols avant moi, je me constituais un isolant contre l'infortune. Ces innocents mensonges étaient, me semblait-il, une panacée. Ou bien les gens me croyaient quand je disais que j'avais une licorne chez moi, ou bien ils pensaient que j'étais fou, ou bien ils me prenaient pour un menteur, ou encore ils acceptaient le fantasme tel quel. Et en leur offrant quatre possibilités distinctes, mon mensonge détournait leur attention d'énigmes plus nébuleuses et aussi me dispensait d'autres précisions. Après tout, ma vie était une longue protestation contre la séparation du fait et de l'imaginaire : l'imaginaire *était* le fait, me disais-je de même que l'esprit était le corps et l'imagination la vérité.

Je n'étais pas seul, de toute façon, à trouver ainsi un apaisement. La moitié du monde, à cette époque, essayait de se tranquilliser avec des drogues et des hallucinations et en se retirant de plus en plus loin de la réalité. A Kampour, en Inde, je rencontrai un homme avec qui je me sentis une immédiate affinité, tant son moyen de libération était analogue au mien. Qu'il fût profondément malheureux, c'était évident, mais il atténuait ses souffrances en touchant les choses. Jour et nuit, il errait dans les rues de la ville et touchait gravement et méthodiquement les fenêtres, les montants des portes, les lampadaires, en se conformant apparemment à un ensemble de règles non écrites. Parfois, il semblait trouver qu'il avait négligé sa tâche et recommençait toute une rue, accordant une attention encore plus diligente aux loquets des portes, et l'on me dit qu'il n'y avait guère de ruelle dans le centre de la ville où son activité opiniâtre ne fût familière. Je lui parlai un matin mais n'obtins comme réponse qu'un sourire aimable quoique préoccupé qui semblait vouloir dire que, bien qu'en un autre moment il eût été agréable de faire la causette, ce jour-là il n'avait vraiment pas un instant à perdre.

J'étais sûr maintenant que, pour finir, la chirurgie me délivrerait de ces divers ennuis, et Élisabeth aussi constatait avec philosophie mes changements d'humeur, sachant que tout cela s'arrangerait un jour. Cependant, j'avais appris que les rares chirurgiens honorables qui pratiquaient l'opération en Angleterre et en Amérique exigeaient que de strictes conditions préliminaires fussent remplies. Le patient ne devait pas être atteint de psychose. Il devait comprendre ce qui se passait. Il devait être physiquement compatible avec son nouveau rôle. Il ne devait pas cruellement abandonner ou trahir ceux qu'il avait à sa charge. Il devait avoir déjà acquis par un traitement prolongé aux hormones les caractères secondaires de la féminité et perdu les caractères masculins. Par-dessus tout, il devait avoir vécu durant quelques années dans le rôle de son nouveau sexe et prouvé que, socialement et économiquement, il lui était possible de le faire.

Je ne me souciais guère de savoir si mon chirurgien était honorable, mais ces règles me semblaient raisonnables. J'avais entendu parler de gens qui, en désespoir de cause, s'étaient précipités sans aucune précaution dans ce qu'ils appelaient un changement de sexe et que ce violent arrachement à leur nature n'avait fait que rendre encore plus malheureux. Je répondais déjà, pensais-je, à la plupart des critères. Ces milliers de pilules m'avaient transformé physiquement : si je n'étais pas une femme, j'étais une étrange sorte d'homme. Malgré toutes mes tentatives hasardeuses de m'intégrer à une autre réalité, je n'étais pas encore dément. Mes enfants étaient de plus en plus conscients de mon ambiguïté et rien au monde ne me persuaderait de les abandonner. Économiquement, cela ne faisait aucune différence que je fusse mâle ou femelle.

Le moment était venu, pensais-je, de franchir une nouvelle étape. J'avais atteint la frontière entre les sexes et il était temps pour moi d'essayer d'explorer la vie de l'autre côté.

13

De nouveau Oxford - logistique - Jan - « Entrez donc! »

Je possédais une petite maison victorienne à terrasse au centre d'Oxford, dans un quartier construit à l'origine pour des artisans mais où les étudiants, depuis peu, s'infiltraient. Ce fut là que je vécus pour la première fois au grand jour dans le rôle d'une femme et, pendant les quelques années qui suivirent, je menai une double vie, pris pour un homme en un endroit, supposé être une femme en un autre. Au cours de mes voyages dans le monde entier, j'étais parfois d'un sexe, parfois de l'autre.

Avec mon aspect d'androgyne, cela n'exigeait pas une grande subtilité. L'« unisexe » était entré dans les mœurs et les mêmes vêtements convenaient aux deux rôles, mes cheveux étaient longs, j'avais une voix de contralto et je ne tardai pas à découvrir que le moindre détail manifestement féminin, un rien de maquillage, une paire de bracelets, suffisait à me faire basculer au-delà de la ligne de démarcation et prendre pour une femme. Une fois parvenu à ce stade et confortablement installé parmi des voisins bienveillants – une famille indienne d'un côté, des serviteurs de collège de la vieille école de l'autre –, je me permis d'aller plus loin. Je portai des jupes pour la première fois, je fis l'expérience des produits de beauté, je laissai se développer en moi la nouvelle personnalité qui un jour serait ma seule personnalité. Je me confiai aux Samaritains d'Oxford et bientôt le bruit se répandit dans la ville que je vivais de cette façon; beaucoup d'amis vinrent me rendre visite pour me parler ou pour faire provision d'anecdotes à rapporter en salle des professeurs.

N'était-ce pas une expérience stupéfiante, stimulante, inquiétante, érotique, troublante, me demande-t-on, de s'habiller enfin comme une femme? Pas particulièrement. Cela m'était très agréable, en partie parce que j'aimais les étoffes, les couleurs et le drapé des vêtements féminins, mais surtout parce que je voyais là le symbole des progrès que j'avais accomplis. Le travesti éprouve infailliblement un *frisson* sexuel à porter les vêtements du sexe opposé, exactement dans la mesure où la source la plus profonde de son plaisir est de savoir que sous son déguisement il possède un phallus caché, puissant et aux aguets. Mais le véritable transsexuel n'éprouve rien d'autre qu'une sensation de soulagement lorsqu'il apparaît enfin sous l'aspect d'une femme. Le docteur

Stoller cite le cas d'un enfant américain qui, à sa naissance, fut supposé être une fille mais qui eut continuellement l'impression d'être un garçon jusqu'à ce que, dans son adolescence, on découvrît qu'il possédait des organes mâles non développés. Sa vie avait été un perpétuel combat pour exprimer sa conviction d'être un garçon mais quand, finalement, la vérité de ses affirmations fut reconnue et qu'on lui annonça qu'en fait il était un mâle, les psychologues furent étonnés de s'apercevoir qu'il ne manifestait aucun sentiment particulier de triomphe. Par son attitude, il semblait plutôt vouloir dire : « Bon. Très bien. Merci. Ça ne m'étonne pas. »

Il en était de même pour moi. Je m'étais seulement rapproché d'une étape dans l'élucidation de mon énigme. Je redressais une méprise, j'effaçais une incongruité et, quand les gens me prenaient incontestablement pour une femme, j'éprouvais seulement un sentiment de rectitude qui me tranquillisait et me contentait. Mon aspect était, je pense, celui d'une femme assez virile, car mon visage avait encore une maigreur et une étroitesse masculines, mais j'avais beaucoup moins le sentiment d'être un intrus en jupe qu'en pantalon. Je découvris bientôt aussi que les gens voient en vous ce qu'ils s'attendent à y voir : on ne me connaissait dans mon quartier d'Oxford qu'en tant que femme et si j'avais descendu la rue chaussé de grandes bottes et coiffé d'un casque de motocycliste, les gens m'auraient quand même pris pour une femme. Le temps que je passai dans le quartier de Jericho me donna un agréable sentiment de réussite. J'avais l'impression de traverser l'antichambre de l'accomplissement. Je détestais les moments où, quittant mon petit refuge d'Oxford, j'étais obligé de revenir à mon ambiguïté, et me présenter sous l'aspect d'un homme me paraissait de plus en plus difficile, de plus en plus cruel.

Pourtant, mes pires souffrances étaient maintenant finies et mes préoccupations étaient, pour ainsi dire, surtout d'ordre logistique. Il me fallait me souvenir en toutes circonstances du rôle dans lequel on me connaissait. A mesure que je divisais plus nettement ma vie entre les deux sexes, les endroits où je ne pouvais apparaître en homme, et vice versa, étaient de plus en plus nombreux. Il y avait des familles où l'on ne me connaissait qu'en tant qu'homme, d'autres où l'on ne me connaissait qu'en tant que femme, d'autres encore où l'on me connaissait sous mes deux aspects. A des dîners, parmi les gens qui étaient autour de la table, certains convives savaient la vérité à mon sujet et d'autres non. J'étais, en tant qu'homme, membre d'une société et, en tant que femme, membre d'une autre. C'était compliqué. A Londres, où beaucoup de gens me connaissaient maintenant dans mes deux rôles, je prenais soin d'avertir mes hôtes de l'aspect sous lequel je me présenterais. Parfois, au contraire, les gens me demandaient aimablement comment je préférerais être invité. La revue satirique *Private Eye* dit un jour que si j'étais invité à une réunion « en tenue de ville », cela voulait dire que l'on m'attendait « en femme », mais malheureusement un code aussi commode ne pouvait être mis en pratique et il me faisait souvent jouer ma fugue de genre sans la moindre partition, en espérant que, ce soir-là, ses thèmes variés se fondraient harmonieusement.

Parfois, le champ d'action de mon ambivalence était désagréablement réduit. Au Club des Voyageurs, par exemple, j'étais évidemment connu comme une sorte d'homme – les femmes n'étaient admises en ces lieux que quelques heures par jour et, même à ce moment-là, étaient tenues à l'écart, le plus loin possible, dans les pièces les plus petites et les renfoncements. Mais je fréquentais un autre club, à seulement quelques centaines de mètres de celui-là, où je n'étais connu qu'en tant que femme, et souvent j'allais directement de l'un à l'autre, changeant imperceptiblement de rôle en chemin. « Je vous salue, monsieur », me disait le portier d'un club et celui de l'autre m'accueillait par un « Bonjour, madame ». J'adhérai en double exemplaire à certains organismes où je me défis progressivement de mon rôle masculin, annulant ainsi l'une de mes qualités de membre et conservant l'autre. Inévitablement, je fus pris sur le fait une fois ou deux. Je n'oublierai jamais le mélange de consternation, d'ahurissement et d'incrédulité qui se peignit sur le visage d'un très orthodoxe membre du Club des Voyageurs lorsqu'il m'aperçut devant chez Fortnum, marchant d'un bon pas dans Piccadilly, vêtu de mon beau manteau bleu; il s'arrêta pile pour me regarder passer – ce que je fis, je peux le dire, avec un sourire allègre car, à ce moment-là, je n'en étais plus à me faire du souci pour ces détails.

Il faudrait évidemment qu'un jour le changement fût connu de tous et, pour faciliter les choses, Élisabeth et moi élargîmes délibérément le cercle des gens renseignés. A Oxford, lorsque j'en parlai à mon vieux « tutor » de Christ Church, je découvris qu'il avait déjà appris la nouvelle *via* Harvard. Il le dit de ma part au doyen et, par la suite, lorsque, allant à l'office du soir, je rencontrais le bon vieux docteur Simpson sous le porche, il s'inclinait très galamment pour me saluer. A Londres, je mis au courant un à un mes amis les moins intimes et fis ainsi l'expérience d'une suite de rencontres qui, alors qu'elles devenaient pour moi de plus en plus banales, étaient visiblement de rudes épreuves pour mes interlocuteurs. Ils ne savaient trop à quoi s'attendre. A quoi allais-je ressembler en femme? Serais-je obscène ou provocant, pitoyable ou pénible? J'ai souvent imaginé la conversation d'un couple d'amis venant me voir, le mari et la femme, blottis légèrement inquiets dans un taxi qui se fraie péniblement un chemin à travers Londres; ils souhaitent presque n'être jamais partis et pourtant sont indéniablement curieux de ce qu'ils vont trouver. Je me représente la pâleur crispée de leurs visages au moment où ils pénètrent dans le vestibule de mon club, ils regardent autour d'eux, l'air perdu, cherchant parmi les personnes qui attendent là laquelle peut être moi. Et je me représente aussi leur soulagement – du moins, j'aime à croire qu'ils éprouvaient du soulagement – quand ils découvraient que j'étais étonnamment semblable à la personne qu'ils avaient toujours connue et qui, si elle était quelque peu un sujet de gêne pour eux, du moins ne paraissait pas du tout gênée!

Tous mes amis, naturellement, n'étaient pas aussi circonspects et certains traitaient toute l'affaire comme un phénomène d'un intérêt purement objectif. « Bienvenue dans la clandestinité, dis-je à un confrère tandis que nous nous trouvions seuls un moment après notre scène de la révélation. – Ça ne me paraît pas très clandestin », répliqua-t-il et, à dater de ce jour, il m'encouragea à penser à ma métamorphose non seulement comme à la rectification d'une erreur mais comme à une vérité en soi, une sorte de précédent dont je pouvais user à mon gré. Élisabeth aussi m'aida à penser à cette expérience comme à une chose qui avait sa valeur propre. Et il est vrai que, bien que cette double vie qui fut la mienne présentât des risques particuliers d'humiliations, elle fut pourtant très fascinante. Je trouvai là non le moyen de résoudre, mais d'annuler mon dilemme. L'énigme sembla tomber en morceaux prêts à être rassemblés d'une meilleure façon. Il n'était pas étonnant de voir souvent des inconnus me sourire dans la rue : j'étais plein d'un espoir de bonheur, mi-secret, mi-partagé, assez semblable, je crois, à l'état des femmes enceintes ou à celui d'un auteur pendant la merveilleuse semaine où il écrit les dernières pages d'un livre.

Arrivé à ce stade, je mis au courant de ma situation les institutions de l'État : le ministère de la Santé et de la Sécurité sociale, le Bureau des passeports. Renonçant à l'inflexible austérité des indications contenues dans le Whitaker Almanack, elles réagirent avec une souplesse inattendue. Le moment venu, m'assura l'*establishment*, mon nouveau rôle sexuel serait officiellement reconnu. En attendant, on pouvait me délivrer de nouveaux papiers pour me permettre d'être en règle pendant la période transitoire. Je pris un nouveau prénom sur déclaration légale et choisis après de longues discussions et des essais celui encore androgyne de Jan, non parce que je souhaitais avoir toujours un pied sur chaque rive, mais parce que je pensais que le changement d'habitude serait ainsi moins abrupt pour mes parents et mes amis (et peut-être pensais-je aussi, tout au fond de moi, que si j'échouais avec mon nouveau personnage, je pourrais en quelque sorte revenir à l'ancien). Ma banque, où j'avais depuis longtemps confié mon secret au directeur, changea laconiquement sur mon adresse Mr. en Miss. Le Conseil du comté d'Oxford me donna un nouveau permis de conduire. L'employé du Bureau des passeports m'envoya un passeport sans aucune indication de sexe, contribuant en l'occurrence à mystifier les fonctionnaires étrangers durant la dernière année de mon passage d'un sexe à l'autre.

Bien que pourvu depuis plusieurs années de certificats médicaux et protégé par des attestations de la Société de Médecine juridique, je tirai un surcroît de confiance de la possession de ces nouveaux papiers officiels. La crainte de l'humiliation n'était jamais, je suppose, tout à fait absente de mon esprit. Je sentais maintenant que la société, si elle ne pouvait encore m'accepter vraiment, me reconnaissait pourtant pour ce que j'étais. Je pris l'habitude de vivre presque entièrement comme une femme, ne revenant à mon ambiguïté d'androgyne qu'en famille, au pays de Galles. Cela signifiait que le moment était venu pour Élisabeth et moi de nous mettre d'accord sur un nouveau mode de relations en public. Il ne nous était pas facile de passer pour des sœurs, puisqu'elle était Mrs. Morris et moi Miss Morris. Nous ne souhaitions pas être de simples amies, car c'eût été pour moi nier tout lien de parenté avec mes enfants. Nous arrêtâmes donc notre choix sur la désignation de belles-sœurs, la plus proche de la vérité qui nous parût possible. J'étais véritablement devenu ma propre sœur et, en même temps que sa personnalité, le souvenir de James commençait à s'effacer de ma vie; je devins pour mes enfants une sorte de tante très aimante mais disposée à se mêler de leurs affaires et, pour Élisabeth, une parente n'ayant avec elle aucun lien de chair et de sang.

Le plus ardu de tous nos problèmes fut d'expliquer aux enfants ce qui se passait. Il était visible que *quelque chose* était en train de se passer car, bien que je ne me fusse pas encore montré à eux en vêtements féminins, on me traitait le plus souvent en femme en leur présence. Nous ne redoutions pas trop leurs propres réactions : ils avaient dépassé l'âge le plus vulnérable de leur enfance, les aînés étaient en fait déjà presque des hommes, et nous mettions comme toujours notre confiance dans le pouvoir cicatrisant de l'amour. Plus alarmant, pensions-nous, était le danger de les voir en butte aux taquineries et aux moqueries de leurs camarades de classe. Mon plus grand fils, Mark, me dit qu'il avait pour la première fois deviné la vérité en découvrant dans notre bibliothèque tout un rayon de livres sur la transsexualité – soigneusement placés là, en fait, précisément pour lui permettre de deviner. Les autres, je crois, découvrirent tout graduellement – par des sous-entendus ou des allusions, en parlant entre eux et finalement par ce que je leur révélai moi-même. Constamment aidés par des professeurs bienveillants, ils semblaient échapper aux petites misères des railleries de l'entourage scolaire et, plus je me féminisais, plus je me rapprochais de ma propre réalité, plus je sentais qu'ils se rapprochaient de moi. Il n'y eut pas dans nos rapports de moment directement traumatique, pas de moment où, étant un jour à leurs yeux un homme, je reparus soudain en femme. Le passage d'un état à l'autre fut infiniment lent et subtil et, tant qu'il dura, mon affection pour eux demeura la même et j'espère qu'ils le sentirent.

Au cours de l'été 1971, un éditeur américain m'invita à écrire un petit livre sur les Monts des Cascades, qui devait figurer dans une série que cette maison préparait sur l'amélioration écologique des régions désertiques du monde. Les Cascades sont une chaîne volcanique qui s'étend de la Colombie britannique à la Californie du Nord et j'acceptai cette mission avec quelque appréhension car je me méfiais du culte du passé en Amérique et n'étais en aucune manière un admirateur inconditionnel de *toutes* les œuvres de la Nature. De plus, les Cascades, bien que certains de leurs paysages soient parmi les plus beaux du monde, sont couverts d'une dense forêt de conifères (« Puissants monarques du Nord-Ouest », comme il est dans les prospectus) et infestés de moustiques. Cependant, le démon des voyages était en moi et j'accueille toujours avec plaisir une tournée aux États-Unis. Nous achetâmes donc des sacs d'alpinistes, des bottes, des aliments semblables à ceux des explorateurs de l'espace et des pulvérisateurs anti-insectes, et nous partîmes ensemble, Élisabeth et moi, jeter un coup d'œil sur cet endroit du monde.

Ce fut le premier long voyage à l'étranger que nous entreprîmes comme deux femmes et ce fut le dernier voyage où, légalement, j'étais encore un homme. Ce fut le plus heureux de ma vie. Dans quelle gaieté il se déroula! Comme les habitants de l'Oregon nous amusèrent! Que de joyeuses plaisanteries nous échangeâmes avec les bateliers et les bûcherons, les mécaniciens entreprenants et les trappeurs hospitaliers! Nous allions, libres comme l'air, à travers les forêts, maudissant les insectes et refusant de laisser entrer les plus nuisibles dans nos boîtes de haricots fermées sous vide. Nous prîmes le bateau à vapeur jusqu'au bout du lac Chelan, le plus joli de tous les lacs américains, qui s'infléchit comme un fjord jusqu'au cœur de la région du pic du Glacier, et nous fonçâmes à toute vitesse sur l'autoroute de Seattle dans notre limousine de location en mangeant des pommes tout le long du chemin. Jamais je ne m'étais senti si libéré ou autant moi-même, et jamais non plus je n'avais ressenti autant d'affection pour Élisabeth. « Entrez, mesdemoiselles », disait l'employé du motel et, bien que cela puisse vous paraître puéril, sot, peut-être un peu pathétique, peut-être grotesque, rien n'aurait pu me flatter davantage; c'était comme si l'on m'avait donné l'accolade réservée à la noblesse ou revêtu cérémonieusement de cramoisi.

Cependant, le livre demeura mort-né car, dès le chapitre trois, les éditeurs découvrirent mon inépuisable antipathie pour le sapin de Douglas.

14

Où il est question de chirurgie

Restait la chirurgie – qui, même au cas où elle ne changerait rien à mon statut du point de vue de Dieu, le modifierait certainement aux yeux des humains. J'avais encore des organes mâles et, malgré tous ces milliers de milligrammes de substance féminine introduits dans mon organisme au cours des ans, mon corps continuait à produire des hormones mâles en un combat désespéré d'arrière-garde. Avant de pouvoir vivre en toute tranquillité, pour toujours et uniquement comme une femme, il me fallait trouver un chirurgien.

L'opération appelée « changement de sexe » était récemment devenue relativement respectable. Quelques années plus tôt, elle avait encore très mauvaise réputation et la plupart des chirurgiens la considéraient comme tenant à la fois de l'escroquerie, de l'obscénité et du très coûteux placebo. Dans les années 50, un médecin de Londres écrivit que cette opération était comparable à celle qui consisterait à couper le bras d'un homme qui se prend pour Nelson, sous prétexte de compléter son illusion. Pendant les trente années qui avaient suivi la mort de Lili Elbe, très rares avaient été les tentatives faites pour changer le sexe d'une personne et les chirurgiens de la plupart des pays se refusaient à envisager une telle opération. En 1951, l'Américain George Jorgensen réussit à se faire opérer au Danemark et partout dans le monde d'autres patients essayèrent de marcher sur ses traces, mais les médecins réagirent en se montrant encore plus farouchement opposés à ces pratiques. Ils redoutaient la menace de la publicité. Ils étaient rebutés par la horde d'énergumènes qui les persécutait, en même temps que les véritables transsexuels : exhibitionnistes en quête de nouveaux thèmes, homosexuels souhaitant régulariser leur situation, travestis et paranoïaques de toutes sortes. Ils ne connaissaient pas bien les implications légales : dans la plupart des pays, la loi était vague quant à la définition du sexe, et même obscure en ce qui concernait les conséquences légales d'un changement de sexe. Ils craignaient que leurs patients en arrivent à regretter le changement et deviennent plus psychotiques que jamais, sans parler du risque de se voir poursuivis par eux en justice pour mutilation. Le choc psychologique consécutif à l'opération pouvait être si terrible, les exigences ultérieures de la situation du patient si éprouvantes que même les plus compréhensifs des chirurgiens refusaient d'opérer sans des années de prétraitement et d'observation.

En 1972, quand je fus prêt, l'opinion médicale avait évolué. En grande partie grâce aux efforts de persuasion du docteur Benjamin de New York, de bien plus nombreux docteurs reconnaissaient maintenant que la chirurgie pouvait après tout être la meilleure approche d'un problème qui semblait se poser de plus en plus fréquemment et qui était évidemment insoluble en termes absolus. Les anciens traitements psychiatriques avaient perdu tout crédit. Les dégradants traitements par l'aversion étaient reconnus sans effet sur les véritables transsexuels. Les habituelles formules de détermination du sexe, bien qu'acceptables par les juges et les arbitres des Jeux Olympiques, étaient de plus en plus souvent reconnues comme insuffisantes à mesure que la complexité des notions de genre et d'identité devenait, d'année en année, plus évidente et plus déconcertante.

En Amérique, plusieurs hôpitaux d'universités avaient créé des services consacrés aux questions de genre et d'identité, où la chirurgie était utilisée en dernier ressort et, en Angleterre aussi, plusieurs hôpitaux opéraient maintenant les transsexuels. Au moins six cents personnes, appartenant à l'origine à l'un ou l'autre des sexes, avaient subi des interventions aux États-Unis. L'une au moins de ces opérations avait été faite sur l'ordre d'un tribunal. Peut-être cent cinquante autres personnes avaient été opérées en Grande-Bretagne, dont beaucoup gratuitement car prises en charge par l'Assistance médicale. Les techniques opératoires étaient nettement définies. Dans le cas de ceux qui étaient nés du sexe mâle, le pénis et les testicules étaient enlevés et un vagin était créé, au cours de la même opération ou ultérieurement. Du point de vue fonctionnel, le patient se trouvait ensuite plus ou moins dans l'état d'une femme qui a subi une hystérectomie totale. L'orgasme était possible puisque les zones érogènes gardaient leur sensibilité mais, naturellement, pas la conception car personne n'a encore réussi à transplanter des ovaires, sans parler d'un utérus.

Telle était l'opération que j'avais maintenant décidé de faire pratiquer sur moi. Mes médecins de Londres m'avaient depuis longtemps assuré que, le moment venu, il n'y aurait pas de difficulté. Cependant, lorsque, au printemps de 1972, je me sentis prêt à franchir le dernier obstacle, avec l'accord de ma famille, je découvris un écueil inattendu. Le chirurgien qui m'interrogea et qui accepta en principe de m'opérer à l'hôpital de Charing Cross refusa néanmoins de pratiquer l'intervention tant qu'Élisabeth et moi n'aurions pas divorcé. Je comprenais son point de vue, car il ne pouvait savoir quel genre de rapports existaient entre nous et, d'ailleurs, je reconnaissais qu'il fallait que nous finissions par divorcer. Mais après toute une vie passée à livrer mes propres combats, je ne me sentais pas disposé à offrir ma destinée en sacrifice devant les tribunaux de Sa Majesté. Qui sait quelles hontes nous allions devoir subir tous les deux? En quoi cela les regardait-il?

Non, décidai-je, je dicterais les règles moi-même. Nous mettrions fin à notre mariage à notre heure, affectueusement, et j'irais me faire opérer à ma guise, comme j'étais allé auparavant à la recherche de tant de divertissements et de consolations, en des régions lointaines, au-delà de la loi.

15

Trefan - le dernier été - sur le caractère gallois - vers le pays du magicien

Mais d'abord, pour mes derniers adieux à ma personnalité masculine, je revins vers le petit coin de terre auquel il me semblait être le plus attaché, chez moi, vers mes amours galloises. Là, au bout d'une longue allée cahotante protégée par des frênes, des hêtres et des chênes chargés d'ans, se dressait la maison que j'avais achetée pour nous depuis longtemps, Trefan, à Llanystumdwy, dans le comté de Carnavon. Ses terres descendaient, humides et couvertes de fougères, vers la Dwyfor qui, prenant sa source dans les collines à seulement sept ou huit miles plus haut, coulait rapidement à travers des bassins creusés dans les rochers et des gorges pour se jeter dans la baie de Cardigan un ou deux miles plus bas. Derrière la maison, on pouvait voir les montagnes vertes et brunes en été, souvent couvertes de neige en hiver et, au-dessus de la première crête, le sommet triangulaire du Snowdon qui se détachait, si net quand le ciel était clair que l'on pouvait parfois distinguer les bouffées de fumée du funiculaire peinant sur le versant nord. Devant la maison, au-delà du parc et des prairies, s'étendait la mer. Par une trouée entre les arbres, on apercevait les îles de St Tidwal et, la nuit, un phare lançait sa lueur rassurante, alternativement blanche et rouge, toutes les vingt secondes.

Je passai là le dernier été de ma vie d'homme. Pour moi, cette maison sera toujours la plus belle du monde et, bien que j'aie depuis vendu le domaine lui-même, ne gardant que les dépendances, Trefan restera à jamais « chez moi ». Du point de vue architectural, la maison n'avait rien de remarquable, mais elle avait une allure dégagée de maison construite par un amateur, qui me plaisait. Sa façade était assez réussie, elle faisait penser à un confortable presbytère géorgien avec son magnolia grimpant et sa fenêtre en baie, mais le côté nord, là où se trouvait la porte d'entrée, était visiblement l'œuvre d'un non-professionnel : une façade sévère, très galloise, avec un étage trop haut pour être élégant, un drôle de porche à piliers d'un style plus néo que classique et deux rangées de fenêtres oblongues à carreaux nombreux, comme les enfants aiment en dessiner. La maison était blanche et, avec ses nombreuses cheminées de formes diverses, ses communs fantaisistes et ses rangées serrées de fenêtres, elle semblait, vue de loin, s'étaler lourdement parmi les arbres. Mais elle respirait la *baraka*, ce subtil concept de l'esprit arabe qui signifie à la fois heureux et dispensateur de bonheur, elle était en elle-même pleine de grâce et capable de donner aux autres la grâce. C'était une maison magique.

La plupart des gens la préféraient au début du printemps, quand les bois, du côté de la rivière, semblaient passer, presque sous vos yeux, du blanc des perce-neige au jaune des jonquilles et au frémissement des campanules; quand les corneilles croassaient furieusement dans les hêtres; quand le jardin s'éveillait à la vie dans le faste éclaboussement des rhododendrons et que les jeunes agneaux se coinçaient la tête cinq fois par jour dans la palissade proche de l'allée. Cependant, je me souviendrai toujours avec la plus profonde gratitude d'elle telle qu'elle était en ce mois de mai, ce dernier mois de mai du dernier de mes anciens étés.

Élisabeth et moi descendions souvent alors, après dîner, en flânant, vers la rivière pour regarder les chauves-souris qui rasaient en tournoyant le long bassin, ou pour entendre les truites brunes qui montaient à la surface de l'eau. L'odeur, là en bas, était un enivrant parfum de rivière, d'algues et de mousse et, à un endroit où la rivière franchissait une gorge étroite et abrupte, nous allions à quatre pattes sur un tronc d'arbre abattu jusqu'à une petite île où nous nous sentions cernés par la présence verte, sombre et turbulente du lieu. J'aimais tant cet endroit que, en vendant la maison, j'ai conservé l'île où je serai un jour enterrée sous l'épitaphe : ICI REPOSE JAN MORRIS, DE TREFAN, AU TERME D'UNE VIE HEUREUSE. Car c'est un endroit remuant, inquiet, qui me convient exactement. Parfois, nous apercevions les émouvantes formes sombres des truites saumonées dans le courant lorsqu'elles remontaient de la mer vers les montagnes; parfois le chien Sam, reniflant à travers bois, se ruait soudain dans l'obscurité à la poursuite d'un écureuil ou d'un renard, ou de bêtes plus petites qui n'intéressaient que lui; parfois des vers luisants apparaissaient comme des braises dans le terreau, et parfois une vague odeur âcre de cigarette roulée à la main ou le cliquètement étouffé d'un moulinet nous avertissaient que les braconniers étaient sortis cette nuit-là.

Et puis, quand les bois devenaient trop sombres, nous grimpions le long du talus, près du repaire du blaireau, espérant à moitié entendre un halètement ou un grognement de protestation venu du terrier creusé sous nos pieds, nous traversions la prairie où les vaches couchées dans la lumière crépusculaire ruminaient, où parfois les ânes nous suivaient dans l'espoir d'une caresse, et nous arrivions au portail du jardin. Au-delà de la vieille pelouse raboteuse se dressait la maison d'un blanc terne avec, à la fenêtre de Susan, la faible lueur d'une veilleuse, à celles de Mrs. Forward le papillotement d'un poste de télévision et, très probablement, aux fenêtres de Tom, la lueur vite éteinte d'une lampe de poche. Si Mark était à la maison, des airs de Mahler ou de John Cage nous parvenaient de sa soupente; et si Henry était par là, nous le rencontrions parfois au portail, revenant de braconner, lui aussi, avec sa canne à pêche et son filet, dans la longue partie droite de la rivière.

Je faisais toujours durer ces quelques derniers pas qui nous séparaient de la maison; elle était là devant moi comme un rêve, pleine de tout ce que j'aimais, mes enfants et mes animaux, mes livres et mes tableaux, et bienfaisante, pensais-je, comme la présence d'un guérisseur connaissant un remède à mon mal. J'étais chez moi au pays de Galles, mais pas pour longtemps. Où serai-je l'été suivant? me demandais-je. De qui les lampes m'accueilleraient-elles? Nous remontions la pendule de la bibliothèque, donnions à manger à Sam et à Menelik, grondions Tom comme il le méritait, maudissions Mark pour avoir utilisé toute l'eau chaude, disions bonsoir à Henry qui se faisait cuire une crêpe et allions pensivement nous coucher.

Je me dis anglo-gallois, mais j'ai toujours préféré en moi le côté gallois au côté anglais. Quand, nouveau Janus, je me représentais ma double enfance, c'était toujours l'alignement des Montagnes Noires qui s'imposait à moi, avec leur pouvoir de suggérer, au-delà d'elles, des mystères et des immensités, et leur rappel que là étaient leurs plus profondes racines. Si certains de mes troubles proviennent, peut-être, d'affinités divisées, je dois aussi à cette dualité beaucoup de mes plaisirs car, dans l'ensemble, les Anglo-Gallois, à qui sont épargnées les plus lourdes disciplines des purs Gallois, sont des gens extrêmement heureux et sont d'ailleurs les premiers à en convenir. « Quelle merveilleuse vie j'ai eue! » dis-je avec satisfaction à mon voisin Clough Williams-Ellis, l'architecte, alors âgé de plus de quatre-vingts ans, lorsqu'il vint à la maison pour célébrer mon quarantième anniversaire. « Vous avez été heureux ici jusqu'à présent? dit-il tout souriant. Attendez les quarante ans à venir! » C'était un homme qui avait connu la souffrance en son temps, mais il n'avait pas honte de reconnaître les bonheurs qu'il avait eus en compensation, et moi non plus.

Ainsi, ce dernier été à Trefan ne recéla pour moi aucune tristesse, et le cadre semblait convenir au dénouement que j'avais choisi avec une plénitude presque allégorique. Il se trouve que j'admire le génie anglais plus que le gallois. Je préfère son humour, j'admire sa poésie plus profonde, son pragmatisme sceptique, son assurance. Mais ce qu'il y avait en moi de gallois m'avait mieux préparé à ce pèlerinage aventureux; car, derrière la bonne humeur anglo-galloise, je décelais en moi des instincts plus profonds et plus obscurs, hérités du cœur même du pays de Galles qui, lui-même contrée captive du savoir des magiciens et des légendes tissées par les bardes, lutte tenacement depuis huit siècles pour conserver son identité, et ne manque pas d'être énigmatique lui aussi.

Je me savais fabulateur à la manière galloise, pas un fabulateur qui cherche à atteindre des objectifs malfaisants, ou même tout autre objectif, mais simplement quelqu'un que ses instincts conduisent de temps à autre à faire une petite incursion dans l'imaginaire. « Une vérité d'Écossais, disait l'Américain Walter Hinds Page, est une ligne droite, mais une vérité de Gallois ressemble davantage à une courbe. » Innocemment infléchie de cette manière, ma conception de la vérité colorait toujours mes reportages en même temps qu'elle donnait du piquant à la connaissance que j'avais de moi – car, tel un romancier *manqué*, je romançais pour moi plus que pour tout autre. Un jour, à Khartoum, un ministre soudanais de l'Orientation nationale, qui devait être bientôt fusillé pour avoir mal dirigé la nation, me proposa une définition succincte de mes devoirs de correspondant. Ils consistaient, dit-il, à donner « de surprenantes, plaisantes et bonnes informations coïncidant, dans la mesure du possible, avec la vérité ». Penchant, comme je le fais généralement, du côté de l'agréable, je suivis assez fidèlement ces directives posthumes au long des décennies et considérai habituellement un fait comme quelque chose d'assez flou.

Et puis je distinguais souvent chez moi ce goût du style flamboyant qui, particulièrement chez les Gallois, compense souvent un manque d'assurance. Venus de régions sombres et lointaines, les Gallois aiment mettre en évidence leur façon de traduire le *hwyl* national en de perpétuels exploits. Il m'a toujours semblé naturel d'être en scène; quand je ne joue pas un rôle, j'en joue un autre et j'ai souvent cédé à mon penchant pour l'apparat, le style fleuri et les voitures prestigieuses. Mon astuce, qui m'a fait traverser sans dommage tant de périls ésotériques, est purement galloise; et aussi la vivacité de l'émotion, la larme suspendue, le cœur en écharpe, le rien de schmaltz, qui ont donné à mes livres les plus douceâtres de leurs passages lyriques.

Plus ténébreux est le fait que je crois avoir en moi un élément de perception extra-sensorielle qui provient directement de l'étrangeté propre au pays de Galles. Je vois parfois les morts ou, plus exactement, je vois trois personnes qui sont mortes, dont je ne connaissais bien aucune de son vivant et qui, toutes trois, m'ont toujours impressionné par leur nature fuyante, incertaine et comme moirée : Gerard Fay le journaliste, John

Connell le biographe, et Denis Brain le joueur de cor; je les ai tous trois rencontrés fréquemment qui se promenaient dans Londres et, curieusement, lorsque j'arrivais à leur hauteur ou me trouvais avec eux face à face, aucun n'avait la moindre ressemblance avec son fantôme.

Je n'ai jamais été surpris par de tels phénomènes. Les Gallois sont des gens désordonnés, des marginaux, et il me paraît, à moi, naturel de vivre hors du cadre normal des choses. Vers la fin de l'été, Henry partit pour l'Inde, comptant revenir l'année suivante pour entrer à l'université. Lorsque la date de son retour approcha et que, pleins d'espoir, nous attendions de ses nouvelles, il m'advint de voir, au bord de la route, aux environs de Hereford, une silhouette qui ressemblait étonnamment à la sienne, chargée d'un rücksack et arpentant le trottoir avec des mouvements fiers et réfléchis qui rappelaient particulièrement les siens. Je ralentis; il leva les yeux vers moi et me sourit, gravement et sans manifester de surprise; c'était le visage d'Henry, mais subtilement orientalisé, peut-être tibétanisé, brun, les yeux légèrement obliques et les pommettes proéminentes. Je fis demi-tour et revins sur mes pas pour le regarder une seconde fois. Mais cette fois, le garçon n'avait plus aucune ressemblance avec Henry et ne fit pas attention à moi.

Quelques semaines plus tard, nous apprîmes qu'Henry ne voulait pas rentrer à la maison mais souhaitait rester en Inde. Il y est d'ailleurs encore aujourd'hui, il est le plus indépendant de nous tous. Il enseigne, il écrit et il lit dans les collines au pied de l'Himalaya. Il était né quand j'étais sur l'Everest et, quand je pense à ce messager qui me regarda si franchement dans les yeux, sur la route de Hereford, je me souviens aussi du messager que j'ai croisé il y a si longtemps, seul et souriant avec douceur, dans les neiges au-dessus de Khumbu.

C'est sur cet arrière-plan physique et spirituel, à la fois magnifique, complexe et obsédant, que je préparais l'acte qui allait marquer le point culminant de ma vie. Une force irrépressible m'avait fait franchir toutes les barrières presque jusqu'à l'accomplissement de mon inexplicable entreprise, et cette force n'était pas encore épuisée. L'amour, la chance et la résolution m'avaient sauvé du suicide – car s'il n'y avait eu aucun espoir de finir ma vie en tant que femme, j'aurais certainement mis fin moi-même à ma vie d'homme. Maintenant, ces dons heureux que je tirais de Trefan et du pays de Galles comme on tire du carburant d'une pompe devaient me permettre de franchir le dernier obstacle.

Je pris un billet d'aller et retour pour Casablanca au Maroc et, après avoir agité la main pour un long adieu à la vieille maison tout le temps que je roulais dans l'allée, en juillet 1972, je m'envolai pour l'Afrique, où j'avais déjà trouvé des consolations et où, maintenant, je connaissais un magicien.

16

Casablanca - à la clinique - une pensée bouleversante - devenue normale - les camarades - de l'Afrique part un être nouveau

Tous ceux qui avaient eu le même problème que moi avaient entendu parler du docteur B. C'était lui qui, depuis des années, avait sauvé des centaines, peut-être même des milliers de transsexuels de leur destin errant. Se voyant refuser, trop souvent, une opération chirurgicale dans leur propre pays, ceux qui souffraient le plus couraient le monde à la recherche du salut, au Mexique, en Hollande, au Japon, frappant aux portes de chirurgiens de moins en moins distingués, plaidant, menaçant, parfois se mutilant eux-mêmes pour exercer une sorte de chantage. Beaucoup dépensaient les économies de toute leur vie dans ces recherches tragiques et souvent retournaient chez eux irrémédiablement estropiés ou ne s'étant pas du tout rapprochés du but qu'ils poursuivaient. Nul ne sait combien se sont tués. Cependant, s'ils s'étaient adressés au docteur B., leurs désirs, sinon leurs besoins, auraient été satisfaits. Il ne se préoccupait pas beaucoup de diagnostic ou de prétraitements et s'attendait toujours à toucher d'avance une somme rondelette. Mais son travail était excellent, il ne posait pas de questions, n'imposait aucune condition légale ou morale.

Je ne connaissais pas son adresse mais, en arrivant à Casablanca, je la cherchai dans l'annuaire du téléphone et on me dit de passer le lendemain après-midi à sa clinique. Ainsi, j'eus le temps de flâner à travers la ville. En tant que cité, Casablanca n'est rien moins que romantique, car elle est principalement moderne, bruyante et possède la laideur pompeuse du style colonial français. Cependant, l'expérience que je devais y connaître me paraissait alors, comme elle me paraît encore aujourd'hui, romantique au plus haut degré. C'était vraiment pour moi comme de rendre visite à un magicien. Je me voyais, tandis que je marchais cet après-midi-là le long de ces rues aux couleurs criardes, comme un personnage de conte de fées sur le point d'être métamorphosé. Un canard en cygne? Une souillonne en belle fiancée? Plus magique que n'importe quelle transformation, me disais-je : un homme en femme. Cette ville était la dernière que je verrais jamais en tant qu'homme. Les grands immeubles de bureaux pouvaient bien ne pas ressembler à des murs de châteaux, les taxis n'être ni des chameaux, ni des carrosses, pourtant j'entendais parfois la limpide musique arabe, je sentais les odeurs arabes épicées qui avaient si longtemps imprégné ma vie, et je pouvais croire que j'étais en quelque cité fabuleuse, pays du phénix et de la fantaisie, où des transsubstantiations étaient régulièrement effectuées, quand les auspices étaient favorables et la lune dans la phase qu'il fallait.

Je fis une visite au consul britannique dans la matinée. L'idée me vint que je pourrais mourir au cours de mon changement de sexe et je voulais qu'il le fît savoir aux gens. Il ne parut pas surpris. Il vaut toujours mieux, dit-il, prendre ses précautions.

La clinique n'était pas telle que je l'avais imaginée. J'avais vaguement espéré quelque chose de fuligineux dans le quartier des bazars, mais il se trouva qu'elle était située dans l'une des parties les plus modernes et les plus luxueuses de la ville, avec une entrée sur un large boulevard et une autre dans une calme petite rue résidentielle. On y pratiquait ordinairement la gynécologie sous ses divers aspects et, pendant que j'attendais dans l'antichambre en lisant *Elle* et *Paris-Match* avec une attention qui n'avait rien de soutenu, j'entendis de nombreux sons caractéristiques des services de maternité, des cris de mères attendant une rapide délivrance aux bruits de pas des pères anxieux marchant de long en large. Parfois, l'endroit était plongé dans un complet silence – tandis que le docteur B. décidait du destin de quelqu'un dans la pièce voisine. Parfois, ce silence était rompu par des lamentations de femme en arabe, ululantes et affolées, provenant de quelque part au fond du corridor. A la fin, la réceptionniste m'appela et je fus introduit dans l'antre sombre et entouré de livres du maestro.

Il était extrêmement beau, petit, le teint foncé, les traits assez nettement dessinés, et il était vêtu comme pour se rendre à la plage : chemise bleu foncé à col ouvert, pantalon et chaussures de sport; il était très bronzé. Il m'accueillit avec un sourire vague, comme si son esprit était à Saint-Tropez. Que pouvait-il faire pour moi? demanda-t-il. Je répondis que je pensais qu'il le savait probablement très bien.

– Ah, je pense que oui. Vous désirez subir l'opération. Très bien. Je vais vous examiner.

Il inspecta mes organes. Il tâta mes seins – « *très, très bons* * ». Il me demanda si j'avais pratiqué l'athlétisme.

– Très bien, dit-il, venez ce soir et nous verrons ce que nous pouvons faire. Vous connaissez mon tarif? Peut-être voulez-vous régler la question avec ma réceptionniste? *Bien, au revoir* *, à ce soir!

Je versai l'argent, le tout d'avance, et signai l'attestation habituelle dégageant le docteur B. de

* En français dans le texte.

toute responsabilité s'il ratait l'opération. Puis, une heure plus tard, portant moi-même ma valise et un numéro du *Times* du matin, car j'appartenais encore au sexe fort, je fus conduit le long de corridors et d'escaliers à l'intérieur de la clinique. L'atmosphère s'épaississait à mesure que nous avancions. Les pièces avaient des rideaux de plus en plus lourds, veloutés, voluptueux. Des bustes sculptés apparurent et l'on sentit des bouffées de lourds parfums. Bientôt je vis s'avancer vers moi à travers les renfoncements faiblement éclairés de ce repaire, qui me donnait nettement l'impression d'être dans un harem, une silhouette qui évoqua pour moi celle d'une odalisque. C'était Mme B. Elle était vêtue d'une longue robe blanche ornée de glands, je crois, autour de la taille et qui réussissait adroitement à combiner le luxe d'un caftan à l'aspect hygiénique d'une tenue d'infirmière; elle était blonde, et mystérieuse avec application.

Elle parlait d'une voix rêveuse et tenait à s'assurer sans retard que j'avais signé les *traveller's cheques*. Je me risquai à murmurer que cela faisait beaucoup d'argent.

– Beaucoup d'argent! Que voudriez-vous de mieux? C'est un grand chirurgien, l'un des plus grands chirurgiens! Que comptiez-vous faire, demanda-t-elle en écartant brusquement ses bras blancs dans un geste théâtral d'officiant, si ce grand chirurgien ne pouvait vous opérer?

– Rentrer en Angleterre, dis-je, et me faire opérer là-bas.

– Mais ne parlons pas d'argent, m'interrompit-elle vivement.

Et, m'enveloppant de son autorité, elle ouvrit une petite porte placée dans un angle de ce qui paraissait être son salon et me précéda dans un escalier en spirale. Aussitôt, l'atmosphère changea de nouveau. Dans la partie privée de la maison, tout avait été miroitements et parfums de Chanel. A l'étage au-dessous, comme nous émergions dans un corridor, tout était d'une austérité de clinique. On avait l'impression d'être passé du sérail à l'étage des eunuques – ce qui n'était pas une mauvaise comparaison, pensai-je.

Il est vrai que les numéros des chambres étaient peints sur des plaques d'émail fleuries, que la couleur générale était rose pâle et qu'il y avait dans le corridor un berceau d'enfant enrubanné et capitonné. Mais un air de résolution sévère se dégageait du lieu, car nous étions dans le secteur réservé à la chirurgie. Là était la salle d'opération, dit Mme B. en montrant d'un geste une porte, heureusement fermée.

– Et en ce moment même, ajouta-t-elle d'une voix frémissante, en ce moment on opère un Américain. Mon mari travaille sans cesse.

Elle ouvrit la porte du numéro 5, la dernière chambre au bout du couloir, me souhaita bonne nuit d'une voix douce, mais froide car elle avait été blessée que j'eusse pensé à l'argent, puis m'abandonna à mon destin.

Maintenant il faisait sombre, et la chambre n'était pas particulièrement accueillante. L'éclairage était faible et le lavabo, je m'en aperçus bientôt, n'avait jamais d'eau chaude. De l'autre côté de la fenêtre, j'entendais un léger grondement de circulation et des bruits plus précis provenant de la ruelle située au-dessous. L'intérieur de la clinique semblait plongé dans un perpétuel silence, comme si j'étais enfermé et isolé de toute autre vie – cette impression n'était du reste pas très éloignée de la vérité car la pendule ne marchait pas et il n'y avait pas d'autre patient à l'étage. Personne ne venait. Je m'assis sur le lit en silence et fis les mots croisés du *Times* car, si cette situation vous paraît déprimante et même alarmante, je n'avais pour ma part en l'esprit pas le moindre semblant de désolation, ni tremblement de peur, ni regret, pas le moindre flottement dans ma résolution. Des puissances que je ne contrôlais pas m'avaient amené dans la chambre n° 5 de la clinique de Casablanca et je n'aurais pas pu m'enfuir, même si j'avais souhaité le faire.

Tard dans la nuit, deux infirmières arrivèrent, une Française et une Arabe. On m'opérerait plus tard, dirent-elles. Elles étaient venues me faire une piqûre préliminaire et, en attendant, je devais raser mes parties sexuelles.

– Vous avez un rasoir? Déshabillez-vous, s'il

vous plaît, et rasez-vous vous-même, nous attendrons.

Elles s'assirent sur la table, balançant leurs jambes. L'une tenait une seringue hypodermique et l'autre un bac de stérilisation. Je me déshabillai et pris mon rasoir puis, piteusement, sous la lumière crue, avec l'eau froide du robinet et un pain de savon marocain, je rasai les poils de mon pubis pendant que les jeunes filles m'observaient d'un air sardonique tout en bavardant entre elles par intermittence. Je les vois encore en train de balancer leurs jambes pendant que je peinais, mal à l'aise, seul personnage dévêtu au milieu de la pièce, là où la lumière était le plus vive.

Enfin, ce fut fait et elles me firent une piqûre sur le lit.

– Dormez maintenant, me dirent-elles, l'opération aura lieu plus tard.

Mais quand elles furent parties, je sortis de mon lit en vacillant un peu, car la drogue commençait à agir, et allai dire adieu à moi-même devant le miroir. Nous ne nous reverrions plus et je voulais regarder cet autre moi-même une dernière fois bien droit dans les yeux et lui adresser un clin d'œil pour lui porter chance. Pendant ce temps, un vendeur des rues, au-dehors, jouait un délicat arpège sur sa flûte, un petit air très doux et très gai qu'il répéta à plusieurs reprises, en un suave diminuendo à mesure qu'il s'éloignait. Des vols d'anges, me dis-je, et je trébuchai vers mon lit, puis dans l'oubli.

Quand je m'éveillai, il faisait nuit noire et on n'entendait aucun bruit, ni dedans, ni dehors. Je repris instantanément mes esprits mais, quand j'essayai avec précaution d'explorer l'état de mon corps, je m'aperçus que je ne pouvais bouger un muscle. Mes bras, écartés de mon corps, semblaient liés au lit même et j'avais l'impression de n'avoir plus de jambes. Je pouvais soulever un peu la tête, mais cela ne m'avançait guère car l'obscurité était impénétrable. J'aurais pu tout aussi bien être dans la tombe. Il n'y avait dans la clinique absolument aucun signe de vie. Si j'avais hurlé de toutes mes forces, personne ne m'aurait entendu. Je me demandai avec une légère inquiétude si quelque chose ne s'était pas terriblement mal passé et si, en fait, je n'étais pas mort. Mais non, je semblais respirer normalement, mon esprit fonctionnait et il me parut certain, quand je contractai prudemment les muscles de mon abdomen, que j'étais tout couvert de bandages et peut-être muni d'une sonde vers le bas. Il semblait bien que, dans l'ensemble, j'étais vivant, dans un état satisfaisant, et que j'avais changé de sexe à Casablanca.

Cette pensée bouleversante compensait largement la cauchemardesque sensation de mon réveil et je trouvai maintenant qu'être totalement incapable de bouger était curieusement reposant. J'étais, en fait, étonnamment heureuse. Je ne tardai pas à être complètement éveillée mais il était évident qu'on n'était encore qu'au milieu de la nuit; pour passer les longues heures jusqu'à l'aube, je me mis donc à chanter pour moi seule dans l'obscurité. Bientôt le soleil filtra à travers les volets, j'entendis les bruits réconfortants de la ville qui s'éveillait, la chaleur marocaine commença à envahir la petite chambre et, à huit heures du matin, une infirmière arriva pour me détacher du lit. Mes poignets étaient meurtris et rouges là où les lanières s'étaient enfoncées, mais cela m'était égal et j'expédiai en un clin d'œil – enfin, presque – les mots croisés entrepris la veille.

Je passai deux semaines à la clinique et m'habituai peu à peu, à mesure que les bandages et les tubes m'étaient progressivement enlevés, au fait que j'avais un nouveau corps. Maintenant, quand j'abaissais les yeux sur moi, je ne voyais plus un hybride ou une chimère : j'étais un être complet, aussi bien proportionné, quoique d'une manière différente, que celui qui, bien des années plus tôt, avait gravi l'Everest avec tant d'allégresse. En ce temps-là, je me sentais mince et musclé; maintenant, je me sentais surtout délicieusement *propre*.

J'avais été purifiée de ces protubérances que j'en étais venue à détester de plus en plus. On m'avait rendue, selon ma façon de voir, normale.

Je me souviens des jours que j'ai passés là avec une tendre imprécision. Ils me semblaient s'écouler en flâneries, à la manière orientale. Parfois, Fatima, l'infirmière en chef, venait changer un pansement ou m'injecter un antibiotique : un véritable personnage de sérail, pensais-je, une grande femme capable, sorte de Maîtresse des Couteaux qui s'acquittait de ses tâches méthodiquement et imperturbablement, comme si elle devait rendre des comptes directement au sultan. Un jour, au cours d'une des manipulations postopératoires particulièrement douloureuses, je l'entendis murmurer en un souffle le simple mot « *Courage!* » mais en temps normal son visage ne trahissait aucun signe de compassion ou même d'intérêt. Parfois, la servante entrait pour balayer le plancher, changer les draps; elle chantait une mélodie arabe à trémolos pendant qu'elle faisait son travail et, parfois, s'arrêtait un long moment pour regarder d'un œil vague par la fenêtre du balcon, ou parfois encore me parlait confidentiellement des rigueurs de sa vie de famille. Le peu d'arabe dont je me souvenais me parait d'un peu de mystère et, quand un énorme bouquet de roses arriva pour moi, les autres servantes vinrent l'admirer et la rumeur courut que j'avais un riche protecteur à Rabat. Je n'avais pas cette chance, leur dis-je, mais, répliquèrent-elles d'un air entendu, *vous parlez arabe.*

Au-dehors, dominant le grondement de la circulation, j'entendais souvent les cris harmonieux des colporteurs faisant traîner, monter et descendre leurs quarts de tons et, chaque soir, l'homme à la flûte passait, laissant sa mélodie suspendue en l'air, derrière lui, comme une berceuse. Une fois par jour, le docteur B. venait en coup de vent, fumant une Gauloise, vêtu comme pour une promenade sur la Corniche et, en général, d'une beauté ravageuse. Il s'asseyait au pied de mon lit et bavardait de choses et d'autres, tapait lentement quelques mots sur ma machine à écrire, lisait un gros titre du *Times* avec un délectable accent à la Maurice Chevalier et, éventuellement, jetait un coup d'œil très bienveillant sur son ouvrage. « *Très, très bon* *, on ne vous aurait ja-a-mais fait d'aussi bon travail en Angleterre – vous voyez, maintenant, vous allez pouvoir *écrire!* »

Les tout premiers jours, je me sentais complètement solitaire. Les contacts avec le monde extérieur n'étaient pas bien vus : « Nous vous procurerons tout ce que vous voudrez, vous n'avez qu'à demander. » La sonnerie à côté de mon lit ne

* En français dans le texte.

fonctionnait jamais et quand, pour la première fois, je me traînai en souffrant cruellement à travers la chambre jusqu'à la porte, dans le corridor tout semblait mort et vide et je n'entendis rien bouger nulle part. Ce fut une sensation étrange et inquiétante. Plus tard, cependant, quand je pus déambuler avec précaution et me mis à pousser plus loin mes explorations ou à m'asseoir au soleil sur mon balcon, je me rendis compte qu'après tout, je n'étais pas seule. Il y avait d'autres pèlerins dans ce temple. J'entendais parfois des sonneries prolongées, frénétiques, mais qui restaient évidemment sans réponse dans la nuit et, provenant de l'étage au-dessous, si je me penchais suffisamment par-dessus le balcon, j'entendais parfois des voix.

Plus tard encore, quand je fus assez proche de la guérison pour descendre au rez-de-chaussée faire changer mes pansements, je vis pour la première fois d'autres personnes comme moi. Nous nous rencontrions, errant dans les corridors. Combien étions-nous, je ne le sais pas, mais nous étions de plusieurs sortes. Il y avait des Grecques, des Françaises, des Américaines, des Britanniques. Nous étions brunes, d'un noir de jais ou d'un blond agressif. Nous avions le genre gros dur, nous étions bien en chair, ou d'une sveltesse provocante. Nous allions de l'apparemment intellectuelle à l'évidemment animale. Étions-nous toutes là pour passer du sexe masculin au sexe féminin, ou certaines d'entre nous suivaient-elles la voie inverse, je l'ignore, car nous semblions couvrir assez complètement toute la gamme des genres. Certaines d'entre nous étaient visiblement saines d'esprit, d'autres évidemment plutôt toquées. Certaines parlaient des langues inconnues, certaines faisaient « Haï! » à la façon des Américaines, certaines ricanaient, d'autres se contentaient de regarder fixement, stupéfaites de rencontrer enfin d'autres membres de cet ultime club. Nous étions pareilles à des prisonnières provisoirement libérées de nos cellules pour être interrogées et rencontrant enfin des collègues dont l'existence ne nous était jusqu'alors connue qu'en langage codé ou par ouï-dire. Nous nous regardions à la fois comme des étrangères et des alliées, avec curiosité et en toute innocence.

Nous avions ceci en commun : nous étions toutes splendidement heureuses. Pendant au moins ces quelques jours de nos vies, si cela ne nous était jamais arrivé avant, si cela ne devait jamais plus nous arriver, nous avions le sentiment de nous être accomplies, d'être enfin nous-mêmes. Toutes mutilées et estropiées que nous étions, errant d'un pas mal assuré dans les couloirs, traînant nos bandages et serrant contre nous nos vêtements d'intérieur, nous étions rayonnantes. Nos visages pouvaient être crispés par la douleur, rendus grotesques par des maquillages barbouillés, ils resplendissaient d'espoir. Nous vous aurions peut-être fait l'effet d'être des anormales ou des folles et, pour beaucoup d'entre nous, ce moment de soulagement se révélerait probablement illusoire, nous nous retrouverions prises au piège de nouvelles perplexités non moins déconcertantes que les anciennes, persécutées par des doutes non moins torturants. Mais pendant une ou deux semaines, en tout cas, nous nous sentions pures et vraies et, tandis que l'une derrière l'autre dans le couloir, nous allions recevoir les soins impassibles de Fatima, il nous semblait que toutes nos énigmes étaient résolues.

Camarades, je vous adresse tous mes vœux, où que vous soyez, quelle que soit la manière dont ce monde inflexible vous traite!

Je souffrais encore et me mouvais avec difficulté quand je repartis en avion pour Londres, mais heureusement je me trouvai être assise à côté d'un homme d'affaires de Dundee, de retour d'une réunion professionnelle. Je connais son nom parce qu'il me donna sa carte quand nous nous dîmes au revoir, mais il ne sut rien de moi : je lui dis seulement que j'avais été en convalescence au Maroc et sa réaction fut très aimable. Le docteur B. mis à part, c'était le premier homme que je rencontrais depuis que j'avais été débarrassée de mes derniers restes de masculinité et cette rencontre me parut de très bon augure. Cet homme me donna le sentiment d'être plus intéressante que je n'étais; c'était tout ce que je pouvais attendre de lui et si, par hasard, il lit ces mots dans le train de nuit pour King's Cross ou tandis qu'il se détend en buvant un whisky dans l'avion pour Hambourg, j'espère qu'il acceptera l'expression de ma gratitude. C'était une belle chose, me disais-je, que de rentrer dans mon pays pour un nouveau départ, égayée par du champagne et une agréable compagnie, comme une princesse délivrée d'un déguisement avilissant ou comme un être nouveau venu d'Afrique.

17

Pour le plaisir? - les manières qui conviennent - façons de voir la vie - sensations féminines - j'oublie

Élisabeth m'accueillit à la maison comme s'il n'était rien arrivé de particulier, mais je n'étais pas encore tout à fait sortie de l'auberge. L'ouvrage du docteur B., bien qu'esthétiquement exécuté de façon brillante, était incomplet du point de vue fonctionnel et je dus subir deux nouvelles séances de chirurgie dans une clinique anglaise où, installée de façon satisfaisante dans ma chambre immaculée comme, avant moi, Lili Elbe, je trouvai que l'homme à l'allure militaire qui se promenait en robe de chambre autour du jardin en chantant de vieux hymnes anglicans était un parfait équivalent de l'aiguiseur de couteaux joueur de flûte de Casablanca. Ces nouvelles épreuves ne m'ennuyèrent pas le moins du monde. J'aurais volontiers parcouru dix fois encore tout le cycle si l'alternative avait été de revenir à mon ambiguïté ou à mon déguisement.

A mon premier retour à la maison, quelqu'un me demanda si j'avais fait tout cela pour le plaisir.

« Vous avez toujours eu l'air si gai, dit-il, et maintenant vous avez l'air d'un chat qui a bu tout le lait. » Il était vrai qu'un si puissant sentiment d'euphorie m'enveloppait, dans l'accomplissement de ce souhait de toute ma vie, que je commençais presque à oublier les souffrances et les conflits d'autrefois. J'avais la certitude d'avoir fait ce qu'il fallait. C'était inévitable et profondément satisfaisant – comme une phrase qui, triomphant de ses subordonnées, atteint pour finir sa conclusion classique. J'éprouvais un merveilleux sentiment de calme, comme si quelque fardeau physique, énorme et mal défini, avait été ôté de mes épaules et, en m'éveillant chaque matin, je me sentais tout illuminée par cette libération. Je resplendissais! J'étais Ariel!

J'avais eu le temps maintenant de m'habituer à moi-même, mais mon bonheur n'avait pas diminué, le sentiment d'un émerveillement quotidien ne m'avait pas quittée et il me semblait que ce qui m'était arrivé et que j'ai essayé de décrire dans ce livre était l'une des plus fascinantes expériences qui échût jamais à un être humain. A certains égards, c'était une tragédie, naturellement. Naturellement, c'en était une. Tant d'énergie gaspillée! Tant d'années d'incertitude! Une vie faussée, des amis éberlués, des êtres chers mis en péril, un beau corps déformé par des produits chimiques et tailladé par le bistouri du chirurgien en une ville lointaine! Naturellement, ce ne sont pas là des choses que l'on fait par plaisir et, naturellement, si le choix m'avait été offert d'une vie sans de telles complications, j'en aurais profité et me serais mêlée aux gens du bas de la colline.

Mais est-ce bien sûr? Peut-être tout cela avait-il valu la peine d'être vécu, maintenant que j'entrais, à quarante-cinq ans, dans une nouvelle et stimulante aventure, comme peu de gens en ont connu? Trente-cinq ans d'une vie d'homme, pensais-je, dix ans d'indécision et puis être moi-même le reste de ma vie. Ce schéma d'ensemble me plaisait.

« Chaque mois, que dis-je, chaque semaine apporte des témoignages des nouveaux progrès de Mlle d'Éon. Cela n'est pas surprenant puisque sa transmutation, qui a lieu sous les yeux de la cour, fait des miracles dans son cœur et dans son esprit. Étant incapable de se montrer où que ce soit autrement que dans les vêtements de son sexe, elle est forcée de se comporter d'une manière convenant à sa tenue et de garder l'attitude que la nature et les ordres du roi lui ont assignée... Comme elle se rend compte qu'elle est destinée à toujours porter des habits féminins, elle appelle la raison à renforcer la nécessité dans sa résolution de s'accoutumer à son état. »

Voilà ce qu'écrivait Mme Genet, chargée de veiller sur le chevalier d'Éon, alors âgé de quarante-neuf ans, lorsque, à la requête de l'État, il adopta la personnalité féminine pour le reste de ses jours. Il avait quatre ans de plus que moi quand je connus la même expérience et il était beaucoup plus attaché aux biens de ce monde, mais ce qu'il lui arriva m'arriva aussi. Je ne pouvais plus avoir maintenant qu'une vie de femme, je démissionnai du Club des Voyageurs et abandonnai mon smoking, j'écrivis au *Who's Who* et renonçai aux dernières de mes prérogatives masculines. Étant incapable de me montrer où que ce fût, comme disait la dame, autrement que dans un rôle féminin, je m'aperçus aussi que des changements se produisaient indépendamment de ma volonté; ainsi, non seulement la raison et la nécessité, mais les circonstances contribuèrent à mettre le point final à mon passé.

Heureusement pour moi, la première fois où je me risquai ouvertement à reprendre contact avec la société sous ma nouvelle apparence, ce fut dans la société profondément civilisée du Caernarfonshire. Les Gallois sont bons pour la plupart des gens, et surtout pour leurs compatriotes. Mes voisins et mes amis de Trefan, les villageois de Llanystumdwy, les paysans des alentours, les commerçants de Cricieth, sur la route, la communauté d'artistes, d'écrivains et de philosophes qui vivent sur la côte, tous accueillirent le moment de ma métamorphose avec une neutralité courtoise. C'était une expérience éprouvante d'entrer pour la première fois en jupe par exemple dans une boutique où patrons et employés vous ont connue pendant des années en tant qu'homme, et il était instructif de voir comment les Gallois acceptaient la situation. Certains ne purent retenir une sorte de haut-le-corps, aussitôt maîtrisé. Certains observèrent avec tact que j'avais bonne mine ce matin-là. Mais la plupart, avec cette sûreté d'exécution qui fait partie de l'héritage national, firent simplement semblant de ne rien remarquer, me parlèrent exactement comme avant, me demandèrent des nouvelles de mes enfants et, par l'aisance de leur attitude, me mirent à l'aise et firent ainsi de moi leur obligée.

Chaque année, le lendemain de Noël, nous ouvrions la maison toute grande à nos voisins, disposions partout des bouteilles de vin et des bols de punch et engagions nos invités à se servir. Cette année-là, la première où j'étais une femme, la dernière où j'habitais là, il vint plus de monde que d'habitude et dans toutes les pièces, sauf celles sur les portes desquelles les enfants avaient placé de sévères pancartes telles que DÉFENSE D'ENTRER ou « PRIFÉ », des voix familières résonnaient, des visages familiers souriaient. Pourtant, bien que tout parût comme avant, je savais qu'il n'en était rien. Tout le monde savait ce que j'étais et aucun faux-semblant n'était possible. Je sentais ma personnalité changer presque à mesure que je marchais parmi mes invités et je sentais qu'eux aussi, délibérément ou sans le vouloir, adaptaient leurs attitudes à ce que j'étais devenue. Ce n'était pas une sensation déplaisante. C'était comme une séparation, mais une séparation en douceur. Je me doutais que certains de ces gens allaient en réalité me mépriser, ou se moquer de moi derrière mon dos mais, m'élevant moi-même au-dessus des races, des générations et, maintenant, même des sexes, je sentais plus fortement que jamais tous les liens qui m'unissaient à eux, de l'insondable compréhension d'Élisabeth à la complicité des belles vieilles douairières éméchées assises sur les marches.

En d'autres endroits du monde, le choc fut plus brutal. On dit que le fossé social entre les sexes se rétrécit, mais moi qui ai fait l'expérience des deux rôles dans la seconde moitié du XXe siècle, je puis témoigner qu'il n'y a apparemment aucun aspect de l'existence, aucun moment de la journée, aucun contact, aucun accord, aucune réaction, qui ne soit différent pour les hommes et les femmes. Jusqu'au ton sur lequel on s'adressait maintenant à moi, jusqu'à l'attitude de la personne derrière moi dans une file, jusqu'à la densité de l'air quand j'entrais dans une salle ou m'asseyais à une table de restaurant, tout me rappelait avec insistance mon changement de statut.

Et si les réactions des autres variaient, les miennes aussi. Plus on me traitait en femme, plus je me sentais femme. Je m'adaptais bon gré mal gré. Si l'on supposait que je n'étais pas habile à faire reculer une voiture ou à déboucher une bouteille, je me sentais devenir bizarrement maladroite. Si l'on trouvait qu'une valise était trop lourde pour moi, inexplicablement elle me paraissait trop lourde à moi aussi. Poussée à être maintenant plus souvent en la compagnie des femmes qu'en celle des hommes, je commençais à trouver que la conversation des femmes me convenait généralement mieux. Les femmes me traitaient avec une cordialité qui, si elle était l'une des plus heureuses découvertes attachées à ma métamorphose, impliquait aussi que j'étais membre d'un clan, d'une faction ou tout au moins d'une école de pensée. Je m'aperçus que je gravitais constamment dans le champ d'attraction de la condition féminine, soit que je partage un compartiment de chemin de fer réservé, ou que je soutienne une cause politique. Les hommes me traitaient de plus en plus en mineur, comme le chevalier d'Éon qui avait été obligé d'accepter quelqu'un pour veiller sur sa féminité – mon avoué, dans un moment de distraction, m'appela même, un matin, « mon enfant ». Et, de la sorte, traitée chaque jour de ma vie en inférieure, je me mis, les mois passant, à accepter peu à peu la situation. Je découvris que, même actuellement, les hommes préfèrent que les femmes soient moins informées, moins capables, moins bavardes et certainement moins égocentriques qu'eux-mêmes.

C'était donc en ce sens que je cherchais à leur être agréable.

Il m'est difficile aujourd'hui de me rappeler ce qu'était la vie quotidienne pour un homme, je veux dire un homme sans équivoque possible, tel que j'étais avant le début de mon changement. Parfois, cependant, par un effort conscient, j'essaie de retrouver cette sensation ancienne et je mesure la différence avec mon état présent. Cela m'amuse, par exemple, lorsque je suis invitée à déjeuner par l'un de mes amis masculins les plus courtois, de penser qu'il y a quelques années seulement, ce garçon de restaurant flagorneur m'aurait traitée comme il traite aujourd'hui mon ami. Il m'aurait salué d'un air sérieux et respectueux. Maintenant, il me déplie ma serviette d'un grand geste enjoué, comme pour m'amuser. Il aurait pris ma commande avec un intérêt teinté de gravité; maintenant, il s'attend à ce que je tienne des propos frivoles (et c'est ce que je fais). Il aurait, pour le moins, fait semblant de respecter ma compétence dans le choix des vins; maintenant, je ne suis même pas consultée. Il se serait adressé à moi comme à un supérieur; maintenant il semble voir en moi (car c'est un brave homme) une sorte de complice. Je suis naturellement traitée avec la déférence traditionnelle à laquelle une femme s'attend : on déplace pour moi les tables, on m'aide à mettre mon manteau, on m'ouvre les portes. Mais je sais que c'est en réalité une déférence d'une qualité inférieure, et que l'homme qui marche derrière moi est le client qui compte.

Mais bientôt cela me parut tout naturel, tant sont puissants les effets de la coutume et de l'environnement. Bien que je fusse arrivée tard à la féminité – « un cas de croissance tardive », comme quelqu'un dit de moi –, la subtile forme d'asservissement des femmes s'imposa à moi et je m'y adaptai exactement de la façon dont les femmes s'y étaient adaptées au cours des générations. Ce n'était, naturellement, pas entièrement déplaisant. Si la condescendance des hommes pouvait être exaspérante, leur courtoisie était très agréable. S'il était vexant d'être considérée comme incapable d'acheter un billet d'aller et retour en seconde classe pour Liverpool, il était plaisant d'avoir quelqu'un qui le fasse à votre place. Je ne tenais pas particulièrement à passer pour très forte à conduire en marche arrière et cela ne m'ennuyait pas du tout de me laisser guider par des garagistes illettrés s'ils devaient en revanche me donner des bons-primes supplémentaires.

Les gens sont en général beaucoup plus aimables avec les femmes et la société plus indulgente. Le problème du parcage des voitures en donne un bon exemple. Il tracasse beaucoup plus les hommes que les femmes et ce n'est pas sans raison : l'homme doit lutter pour avoir une place au bord du trottoir, la femme peut être à peu près sûre qu'en cas de difficulté quelqu'un la laissera s'installer dans la file ou en sortir, et qu'un sourire ou une plaisanterie la tireront d'affaire. Dans la plupart des incidents de la vie quotidienne, les femmes jouissent de semblables avantages. La femme peut parler sur un ton péremptoire car elle risque moins qu'on lui réponde sur le même ton, et elle peut s'avancer davantage car les imbéciles la prendront pour une sotte et les gens intelligents respecteront son audace. Sa fragilité est sa force, son infériorité un privilège, à moins bien sûr qu'elle ne soit obligée d'affronter l'une de ces terribles préposées au contrôle du stationnement londonien ou les employées des douanes de Delhi, auquel cas le ciel seul peut lui venir en aide.

Les plus absurdes handicaps de la condition féminine, représentés par les coutumes autant que par les préjugés, sont évidemment condamnés : nul être sensé ne peut les approuver, ils sont de simples résidus du passé. Les sectarismes et les actes de condescendance sociaux mineurs, ainsi que les réactions féminines qu'ils suscitent, nous survivront sans doute. Ils ont certainement produit leur effet sur moi, un effet que Mme Genet décrivait comme « une bienséante harmonie entre son comportement et son vêtement », mais dans lequel je vois, pour ma part, une sorte de soumission opportuniste. Le premier homme qui m'ait embrassée d'une manière sensuelle après mon retour de Casablanca fut un chauffeur de taxi londonien qui me conduisit un matin au musée de l'Armée récemment ouvert à Chelsea. Nous avions bavardé durant tout le trajet et, à notre arrivée au musée, il descendit de sa voiture pour examiner le nouveau bâtiment avec moi. Soudain, glissant rapidement son bras autour de ma taille, sur le trottoir, il me donna un baiser sur la bouche, rude mais pas désagréable. « Vous êtes une gentille fille », dit-il en me tapotant les fesses, et il retourna à son taxi. Tout ce que je sus faire fut de rougir.

C'étaient là, essentiellement, des changements dans mon attitude et mes réactions. Mais il y avait aussi en moi des changements intérieurs, plus subtils et plus importants. Certains étaient simplement les effets psychologiques d'une entreprise menée à bien, mais d'autres avaient pour cause la fin de ma masculinité et étaient plus véritablement des symptômes de féminité.

Physiquement, mon aspect n'avait plus rien d'ambigu. Mon corps ne produisait plus ses hormones génitales mâles et la maigreur disparut de mon visage, ce qui en modifia de façon indéfinissable le caractère. Je me rembourrai passablement des joues, des hanches et de la poitrine et, quand j'y pensais, je constatais que j'avais, maintenant, tout à fait la démarche, la façon de s'asseoir et les gestes d'une femme. Je ne pouvais plus passer pour un homme, même si je l'avais voulu mais, à la différence du pauvre chevalier d'Éon, je ne regrettais jamais mes bottes et mon bouclier. Au contraire, le franchissement de cette frontière physiologique semblait avoir apposé un sceau d'apaisement sur mon passé et m'en avoir aussi séparée émotionnellement. Je voudrais pouvoir dire que je conservai cette seconde jeunesse qui m'avait été accordée au temps de mon androgynie mais, hélas, dès que je fus une femme, les années revinrent et je parus à peu près mon âge chronologique. J'étais moins remarquable en tant que femme que je ne l'avais été en tant qu'homme, du moins dans les derniers mois de ma masculinité. Mais, d'autre part, je m'aperçus que mon nouveau bonheur était contagieux, je me faisais des amis plus facilement et faisais vibrer autour de moi plus spontanément les cordes de la sympathie. Je souhaitais avec ferveur que mes enfants n'eussent pas honte de moi : si jamais ils éprouvèrent ce sentiment, ils ne le montrèrent pas; quant à Élisabeth, elle affirmait que c'était seulement un soulagement d'être enfin vraiment avec moi.

Psychologiquement, j'étais nettement moins énergique. Une névrose, fréquente chez les femmes, porte le nom d'envie du pénis, les femmes qui en sont atteintes supposant qu'une puissante énergie de l'âme est inhérente au simple fait d'avoir des organes mâles. Il y a une part de vérité dans cette vue de l'imagination. Ce n'était pas seulement la perte de mes hormones génitales mâles qui me rendait plus réservée, plus prompte à me laisser guider, plus passive : l'ablation des organes eux-mêmes y a contribué car il y a dans la présence du pénis quelque chose de positif et de stimulant. Mon corps était alors fait pour aller de l'avant; il est fait maintenant pour céder et accepter, et le changement extérieur a eu des conséquences internes.

Bien que je me sente aujourd'hui beaucoup moins portée à l'introspection, de sorte qu'écrire ce livre a demandé une difficile autodiscipline à un écrivain doué de trop de facilité, cependant, je suis devenue en même temps plus secrète, je me soucie moins de l'opinion des autres et je suis plus capable de vivre sur mes propres ressources. Les femmes sont plus indépendantes que les hommes et, au fond, moins grégaires. Dans les toilettes de dames, on est beaucoup moins disposé à entrer en conversation avec des inconnues que du côté des hommes. Observez deux femmes à qui l'on demande de partager une table au restaurant, il y a de fortes chances pour que, mis à part un murmure poli : « Vous permettez... », elles ne se parlent pas, depuis le potage jusqu'à la charlotte au xérès. En tant qu'homme, j'aurais trouvé absurde une telle situation, étant un causeur invétéré dans les trains, les voitures et les avions. Devenu femme, je trouve souvent dans cette réserve un soulagement et, comme une Arabe se retirant dans le noir anonymat de son voile, je me blottis souvent dans mon coin.

L'idée que je me faisais de la vie évolua aussi. Je devins plus émotive. Je pleurai plus facilement et devins ridiculement sensible à la tristesse et à la flatterie. Me rendant compte que je m'intéressais plutôt moins aux affaires importantes (qu'un changement de sexe place, je vous l'assure, dans une nouvelle perspective), j'acquis un nouvel intérêt pour les petites. Mon champ visuel sembla se rétrécir et je recherchai moins les larges mouvements que les détails significatifs. L'accent se déplaça, dans ce que j'écrivais, des lieux vers les gens. L'essai topographique bien présenté, qui avait été mon point fort et la source de mes revenus, me parut moins facile à écrire et je m'aperçus que je me concentrais plus volontiers sur les individus et les situations. Durant toute la période du changement, je fus profondément absorbé, bien que vous ne puissiez le deviner d'après ce mémoire très sélectif, par mon œuvre la plus ambitieuse, une trilogie sur l'Empire victorien. J'écrivis le premier volume alors que j'étais encore un homme et il est surtout l'évocation d'une ère et d'un monde. Le second, je l'écrivis durant les dernières années de ma métamorphose et il est beaucoup plus riche en portraits de personnalités et en anecdotes. Le troisième, je ne l'ai pas encore commencé et j'attends avec intérêt de voir quel caractère il va prendre. De même que je me sens émancipée en tant que personne, j'ai l'impression de l'être en tant qu'écrivain; peut-être, après tout, serai-je romancière.

Mon état androgyne, s'il était un avantage dans mon travail de journaliste, me rendait incapable d'invention romanesque. J'avais depuis toujours compris que mon détachement me donnait un point de vue privilégié sur les choses – comme si je les voyais d'un siège placé dans l'enceinte réservée de la Reine, ou à travers une glace sans tain. Ce n'était guère un point de vue objectif, car je voyais tout à travers les lentilles de mon introspection, mais ce n'était jamais un point de vue engagé. Je ne partageais, ou ne me permettais de partager, que fort peu des émotions que je décrivais; je me sentais étranger aux émotions de l'humanité; j'étais un bon reporter parce que mon champ visuel était étroitement circonscrit, comme celui d'un cheval de course que des œillères empêchent de se laisser distraire et dont le regard reste farouchement fixé sur le poteau d'arrivée. Mais quand il s'agissait d'une forme de littérature plus créatrice, j'avais les jarrets coupés. Le livre que j'écris en ce moment est ma toute première tentative d'expression personnelle plus libre. Naturellement, il n'y est question que de moi et je n'atteins pas l'ultime liberté de la fiction, mais du moins cet ouvrage dépasse-t-il la simple observation. Car je ne me sens plus isolé et irréel. Non seulement je peux imaginer plus nettement ce qu'éprouvent les autres mais, enfin débarrassée de ces vieux harnais et de ces anciennes œillères, je commence à savoir ce que j'éprouve moi-même.

Je crois que maintenant je dispose d'une vision simplifiée. Peut-être est-elle plus proche de celle d'un enfant. Il m'est, pour ainsi dire, plus facile de voir les choses pour la première fois, de les voir dépouillées de tout recoupement, et c'est une sensation surprenante car vingt ans de métier d'écrivain encombrent d'allusions votre prise de conscience. Les couleurs me semblent plus vives qu'autrefois et, si je m'intéresse davantage aux vêtements, aux miens et à ceux des autres, c'est en partie parce que je prends plus de plaisir à les porter et vis perpétuellement à deux doigts d'épouvantables extravagances, mais en partie aussi parce que je fais plus de cas de mes premières impressions et ne suis plus aussi empressée à ajouter des allusions et des interprétations. De toute ma vie, je n'avais jamais pu comprendre cette fantaisie visuelle particulière qui fait que, lorsqu'on regarde d'un avion des voitures passer sur la route ou le clocher d'une église, on les voit comme des jouets. Jamais les voitures ne m'étaient apparues comme des jouets; pour moi, c'étaient simplement de vraies voitures vues d'une grande distance et qui, pour cette raison, semblaient petites. Plus maintenant. Dans un avion qui me conduisait à Dublin, il y a quelques mois, les écailles me sont soudain tombées des yeux;

comme je regardais à travers la vitre le paysage anglais au-dessus duquel nous passions, voilà que tout à coup je le perçus avec des yeux d'enfant : ce n'étaient partout que maisons de poupées et modèles réduits.

Vous vous demandez comment alors je voyais maintenant les hommes et les femmes. Je les voyais nettement, dirais-je, pour la première fois. Je n'avais plus d'inhibition, plus de réserve à demi consciente. Maintenant, je n'étais plus atrophiée car j'éprouvais des pulsions sexuelles joyeusement ravivées. Me reportant vers mon ancienne personnalité, je reconnaissais mes désirs frustrés, enfin très nets mais irrémédiablement gâchés. Je comprenais combien j'avais profondément souhaité qu'un homme amoureux me prît dans ses bras. Je comprenais quelle épouse fière et courageuse, quelle mère passionnée j'aurais voulu être, dans quelle désolation mon pauvre moi s'était consumé du désir de se réaliser sexuellement en toute liberté – de connaître cet épanouissement que, *faute de mieux* *, j'avais si souvent reconverti en mots, en patriotisme ou en amour des lieux. Les volets étaient enfin ouverts et non plus hermétiquement clos comme ces bruyants stores d'acier des boutiques du Caire destinés à éloigner les importuns pendant la longue sieste. Un jour, je parcourais à pied Jermyn Street lorsque j'aperçus,

* En français dans le texte.

pour la première fois depuis vingt ans, l'un des membres de l'équipe de l'Everest de 1953. Grands dieux, me dis-je, cet homme est d'une beauté extraordinaire! j'avais toujours su qu'il était beau mais je ne m'étais permis de le trouver sympathique qu'à cause de ses manières aimables; et c'était seulement maintenant que je m'accordais le droit de le trouver désirable.

J'avais trouvé ma véritable place et, regardant ouvertement l'espèce humaine autour de moi, je reconnaissais enfin sans me sentir gênée combien les hommes peuvent être séduisants et quel plaisir c'est d'être cajolée par eux. Je les voyais enfin avec ma sexualité délivrée et une attitude naturelle. On me demande parfois si j'ai l'intention de me marier, mais non : les hommes que j'ai aimés sont déjà mariés, ou morts, ou très loin, ou indifférents. Trop tard! D'autre part, bien qu'Élisabeth et moi ayons divorcé, nous sommes liées par notre amitié de façon plus absolue que jamais et, à moins que quelque passion aveugle ne s'empare de l'une de nous, nous envisageons de partager pour toujours une vie heureuse. Elle a une maison de ferme dans les Montagnes Noires des Galles du Sud, j'ai un appartement à Bath; nous partageons les vieux bâtiments de Trefan et il existe entre nous, nous joignant l'une à l'autre où que nous soyons et nous unissant aussi à nos enfants, qu'ils soient proches ou lointains, un lieu que nous ne pouvons briser.

« Qu'est-ce qu'on éprouve à être une femme après avoir été un homme pendant tant d'années? » Je ne peux sincèrement pas répondre à cette question familière. D'abord, je ne me suis jamais vraiment conçue comme un homme et je ne sais pas ce qu'éprouve un homme. En second lieu, il y a des aspects de la vie d'une femme que je ne connaîtrai jamais : l'adolescence d'une femme, les menstrues, l'accouchement, la sexualité féminine complète. Et, troisièmement, personne ne sait vraiment ce que ressent quelqu'un d'autre : vous pouvez croire que vous avez les sentiments d'une femme, ou d'un homme, mais il se peut que vous ayez simplement des sentiments qui n'appartiennent qu'à vous.

Je m'analyse, un matin comme les autres, à Bath, un matin où je me prépare à écrire. Voyons quelles sensations ordinaires, quotidiennes, j'éprouve, que je conçois comme spécifiquement féminines. Premièrement, je me sens petite et soignée. En fait, je ne suis pas petite, je mesure un mètre soixante-quinze et pèse soixante kilos, et pas terriblement soignée non plus, mais ma féminité contribue à me donner cette impression. Ma blouse et ma jupe sont légères, de couleurs vives, souples. Mes chaussures font paraître mes pieds plus délicats qu'ils ne sont, outre qu'elles me donnent, peut-être plus que n'importe quelle autre partie de mes vêtements, un sentiment de vulnérabilité que j'aime assez. Mes larges bracelets rouge et blanc me donnent la sensation d'être à la mode, mon sac est assorti à mes chaussures et l'ensemble fait que je me sens très organisée. Je ne me maquille pas beaucoup, mais ce que je passe sur mon visage est vivifiant, amusant, comme une couche de peinture fraîche sur une porte d'entrée. Quand je sors dans la rue, je me sens prête à affronter le jugement du monde d'une manière que je n'ai jamais ressentie étant homme.

Et quand le marchand de journaux a l'air de poser sur moi un regard approbateur, quand le livreur de lait me sourit, je me sens absurdement heureuse et fière, comme si j'avais eu un bon compte rendu dans le *Sunday Times*. Je sais que c'est déraisonnable, mais je ne peux m'en empêcher. Mes humeurs et mes états d'esprit sont maintenant plus variables et un rien de flatterie le matin, je m'en suis aperçue, lance une réaction en chaîne et mon plaisir dure toute la journée. Je me rends bien compte que ces fluctuations viennent en réalité de moi, non des réactions du laitier et du marchand de journaux mais, bizarrement, mes sensations intérieures sont extérieurement visibles, et le facteur me sourit aussi. Je ne crois pas que les hommes ressentent ce contact immédiat avec le monde qui les entoure; pour moi, c'est l'un des charmes et des stimulants constants que comporte mon nouvel état.

Qu'est-ce que je remarque quand je descends

vers le quartier des magasins? Peut-être ne vois-je pas les perspectives de la place et du rond-point d'une façon aussi rêveuse qu'autrefois : au lieu de cela, mon regard est attiré par l'intérieur des maisons entrevu à travers les rideaux, les heurtoirs polis, les détails d'une architrave ou d'une plaque sur une porte. Je regarde les lieux d'une façon plus intime, peut-être parce que je me sens enfin intégrée à la vie de la cité. Je ne suis plus l'observateur entièrement détaché, presque étranger; je fais corps avec la ville, je suis liée par une empathie active aux choses les plus simples, la vie de la cuisine et du jardin, les enfants et les animaux familiers, les courses et les propos sans importance. Cela est bon pour mon moral mais risque peut-être, à la longue, je crois, d'altérer la nature de ce que, dans mes moments de prétention, j'appelle mon art.

Je m'arrête pour bavarder. Pas un bavardage sournoisement malveillant, comme ceux auxquels je pouvais prendre part au 9e lanciers, à Printing House Square, ou même ceux que j'échangeais, coincé lors d'une rencontre fortuite, et gêné, avec des confrères du *Guardian*, mais un bavardage aimable, innocent, plutôt dénué de sens et passant du coq à l'âne. J'ai conscience de l'absence de forme et de contenu de ce genre de conversation, mais j'y prends pourtant plaisir. C'est un rituel tranquillisant, assez semblable au tricot, soutenu par des expressions stéréotypées et conventionnelles de plaisir ou de mécontentement, comme dans une pièce de théâtre kabuki, mais sincère à sa manière fugace. « Vous devez sûrement être terriblement écœurée, m'écrivait l'autre jour une relation masculine, par la conversation de vos nouveaux semblables. » Mais en fait, plus je passe de temps dans ma nouvelle condition, plus je prends plaisir à rencontrer Mrs. Weatherby en allant faire mes courses.

Bien que mon ami masculin se refuse probablement à le croire, elle s'inquiétait vraiment hier au sujet de ma migraine. Et quand je m'interroge moi-même, je m'aperçois que je ne suis pas moins sincèrement ennuyée d'apprendre qu'Amanda a manqué l'excursion de l'école à cause de sa cheville. Je ne suis pas meilleure qu'autrefois, mais je suis devenue plus sensible aux petits détails. Je m'y intéresse davantage peut-être parce que je suis moins obsédée par moi-même. Je peux me mettre plus facilement à la place de Mrs. Weatherby. Je prends un intérêt plus sincère à ce qu'elle dit. Ressentirais-je la même chose en bavardant avec un homme? Probablement pas. J'accueillerais sa sincérité avec un rien de secrète ironie et je serais quelque peu sur mes gardes.

Je ne cultive pas le sens de l'économie et m'intéresse médiocrement à la nourriture, c'est donc avec détachement que je fais mes emplettes au magasin d'alimentation : deux côtelettes à mettre sur le gril, la première laitue que je vois, une bonne quantité des pommes les plus belles, des oignons nouveaux, des radis, un camembert et un sac de noix du Brésil décortiquées. Une dame que je connais observe d'un air entendu que les pommes sont moins chères dans George Street, mais la vie me semble trop courte pour que je perde mon temps à payer un penny de moins par livre et, pour me le prouver, j'en mange une sur-le-champ. Je passe plus de temps à regarder les vitrines. Aucune métamorphose, aucune catastrophe ne me fera jamais renoncer à hanter les librairies, c'est un vice qui ne tient compte ni du sexe, ni du genre, mais ce qui est tout à fait nouveau, c'est que j'aime maintenant picorer parmi les autres objets. J'aime regarder les vêtements, et aussi les essayer, même si je n'ai pas vraiment l'intention d'acheter quelque chose. J'aime regarder les tapis, les papiers peints, sans parler des antiquités, des meubles, des tableaux et des maisons – pas seulement, comme autrefois, quand j'ai en tête un but précis, mais simplement pour le plaisir. J'achète un jeu de construction pour Tom à la boutique de jouets, imaginant avec attendrissement ses yeux quand il ouvrira le paquet; et puis je me représente le petit visage déçu de Susan derrière lui et j'achète aussi quelque chose pour elle.

Le monde dans lequel je vis à Bath est un monde nettement féminin. Je n'ai jamais vécu là quand j'étais un homme et mes contacts quotidiens avec des hommes sont rapides et essentiellement artificiels : de part et d'autre, on joue un rôle. Par ailleurs, mes rapports avec les femmes sont pleins d'aisance et confiants. On me demande souvent si mon expérience a fait de moi une féministe militante et, d'une certaine façon, cela est vrai. J'ai vu la vie des deux points de vue et je sais quels préjugés survivent. Je sais que, du seul fait que je suis une femme, même dans une ville aussi bien élevée que Bath, je suis traitée en maintes circonstances sans importance comme un citoyen de seconde classe, non parce que je manque d'intelligence, ou d'expérience, ou de caractère, mais simplement parce que j'ai le physique d'une femme. Rien ne m'irrite autant que de voir une femme tenue pour nulle ou dédaignée par quelque abruti d'homme (les hommes intelligents, bien entendu, n'ont jamais une telle attitude), car je sais avec une certitude absolue combien est inepte cette sorte de sectarisme, et je bous d'indignation à la pensée qu'il s'applique aussi aux choses importantes.

Je comprends bien ce que voulait dire Kipling au sujet des sœurs qui nous portent sur les nerfs. En prenant le café, une dame ne tarit pas d'éloges sur Bath : « Je ne sais pas si vous avez beaucoup voyagé (Je mens d'un air modeste : « Pas trop »), mais je pense que c'est important, n'est-ce pas, de voir comment vivent réellement d'autres gens. » Je tombe sur Jane W. dans la rue et elle me parle des récents débordements d'Archie : « Vraiment, Jan, vous ne connaissez pas votre chance. » J'achète du papier à machine : « Comme ce doit être délicieux de pouvoir écrire, à côté de vous je me sens une vraie bonne à rien. » Et, en rentrant chez moi pour commencer un nouveau chapitre, je trouve des ouvriers dans l'appartement en train d'enlever une tringle à accrocher les tableaux. L'un d'eux a fait tomber mon petit cheval rouge placé sur le dessus de la cheminée, ébréchant sa croupe émaillée. Je me retiens d'exprimer mon mécontentement, je fais un sourire assez glacial et je leur prépare à tous une tasse de thé, mais j'ai pardevers moi, pendant qu'ils se servent timidement de sucre, une pensée féministe assez sévère : « C'est bien d'un homme. »

C'est bien vrai, n'est-ce pas?

Tels sont les aspects superficiels de ma nouvelle conscience et, en dépit du petit cheval rouge, je dois y ajouter – et je crois que les femmes sincères seront de mon avis – le franc plaisir que me procurent les menus égards que les hommes, maintenant, me témoignent : se lever pour moi, ou ouvrir la porte devant moi. Ces égards nous donnent réellement le sentiment, peut-être immérité mais combien agréable, d'être aimées et protégées. Les émotions plus profondes me paraissent bien plus difficiles à identifier et ce n'est pas seulement parce qu'elles sont plus fugaces, mais parce que j'oublie très vite ce que j'éprouvais avant d'avoir changé. Le passé s'éloigne plus vite qu'autrefois et j'oublie mes derniers points de comparaison : les enjambées masculines, l'assurance virile, les problèmes et les petits avantages de la masculinité, l'endurance et la force, l'indépendance et l'ascendant. Je suis vraiment incapable de retrouver ce que j'aurais dit à Mrs. Weatherby en ce temps-là. Je n'arrive pas à imaginer ce que Jane aurait dit à propos d'Archie. J'oublie tout cela très rapidement : en partie parce que, chaque mois, je m'habitue un peu plus à la féminité, et en partie parce que je ne veux pas me souvenir.

18

Encore des problèmes - une sotte question... - « on est déconcerté » - des regrets?

« Si un homme peut s'inoculer ainsi l'idée qu'il n'est pas un homme, mais une femme, de façon à être totalement et à tous égards une femme, cette idée peut par la suite céder la place à un idéal plus élevé qui serait de n'être ni homme ni femme. »

Cette citation me fut envoyée de l'Inde par Henry et elle me réconforta beaucoup car, de tous les problèmes qui me restaient après Casablanca, le plus grave, de loin, concernait mes enfants. Je ne pouvais savoir quels effets auraient sur eux ces événements insolites – et je ne pourrai pas non plus le savoir, je crois, dans les prochaines années. Mais au moins je n'en avais pas fait des adversaires. Tous quatre avaient été mes plus sûrs alliés d'un bout à l'autre du changement, me protégeant, me soutenant, me rassurant, et personne ne pouvait être plus scrupuleusement réprobateur que Susan lorsque quelque ancienne relation se trompait de pronom personnel en parlant de moi. Ils savaient quelle infinie gratitude j'avais pour eux en retour et les deux plus âgés, qui étaient maintenant des hommes, étaient assez forts et assez sensés, je le savais, pour chercher la vérité au-delà des questions sexuelles. « Médite profondément, disait une autre citation d'Henry, et tu sauras qu'il n'existe pas de moi. » Ce n'était pas si terrible, après tout. Ils n'avaient pas assisté à l'effondrement de l'amour, ni à une trahison parentale, ni à un abandon ou à l'apparition d'une hostilité. Ce qu'ils avaient eu sous les yeux, c'était une âme troublée accédant à la sérénité et j'espérais qu'avec le temps ils en viendraient à voir, dans ma vie, ce que j'y avais vu moi-même, une sorte de lueur inattendue de *baraka*.

Mark, l'aîné, a lu chaque mot de ce livre dans ses états successifs et, outre qu'il a eu une forte influence sur sa forme et son caractère définitif, il a illuminé ma tâche de joyeuses réflexions personnelles. Il se trouva que, pendant que j'écrivais mon livre, le roi de Suède mourut. C'était lui, vous vous en souvenez peut-être, dont on m'avait dit, au chapitre onze, qu'il se proposait d'effectuer mon changement de sexe au moyen de rayons secrets. Dans la marge de mon texte dactylographié, Mark ajouta un commentaire de son cru : « Il est clair que le succès des machinations de Gustave fut plus que le brave vieux n'en pouvait supporter. »

Quant à moi, mes difficultés semblent maintenant insignifiantes. J'ai trouvé mon identité. Pour ma famille et mes plus proches amis, j'en suis sûre, le changement physique n'a fait aucune différence, tellement il a été graduel, et la plupart des autres personnes semblent également disposées à m'accepter telle que je suis. La presse elle-même s'est montrée indulgente. Quand les journalistes des agences de presse ou les revues téléphonaient, je leur disais ce que je pouvais raisonnablement dire et je leur demandais, puisque le moment de tout révéler était inopportun et puisque, après tout, j'avais gardé le meilleur souvenir de ce déjeuner que nous avions fait ensemble durant le reportage sur la maladie de Churchill dans le midi de la France, si cela ne les ennuierait pas d'étouffer l'affaire. La plupart d'entre eux le firent obligeamment, peut-être en se fondant sur le principe que des chiens raisonnables ne mordent pas les autres chiens, et peut-être aussi parce qu'ils étaient passablement fatigués des histoires de changements de sexe. De temps en temps, de falots journalistes locaux, ayant entendu parler de cette drôle d'histoire là où prennent naissance tous les potins du pays, montaient craintivement jusqu'à Trefan en voiture pour solliciter des interviews; mais je les persuadais toujours que c'étaient des nouvelles périmées et d'ailleurs pas sensationnelles et, en général, ils repartaient avec un très audible soupir de soulagement, comme s'ils avaient été au bord de l'inconnu et qu'on les eût tirés en arrière juste à temps. Le seul interviewer qui réussit à forcer le barrage fut une jeune fille de Londres, charmante et extrêmement intelligente qui, outre qu'elle était la fille d'un détective et donc entraînée aux silences inquiétants, en savait sur le transsexualisme beaucoup plus que moi-même et ajoutait à chacune de mes conjectures une statistique vérifiée ou, pire encore, un fait.

Ainsi, je pus changer mon identité publique à mon heure. Bientôt, je me mis à signer mes articles et mes comptes rendus du nom de Jan, et aussi mes lettres au *Times*, que le directeur du service correspondance imprima imperturbablement, quand mon nom passa du masculin au féminin, sans commentaire. Vers la fin de 1973, je découvris que la plupart des gens qui avaient entendu parler de moi étaient de toute façon au courant de mon changement de sexe, aussi bien en Angleterre qu'en Amérique. Ceux qui ne savaient pas s'il fallait s'adresser à moi en m'appelant Mrs., Miss ou simplement Jan avaient heureusement à leur disposition un préfixe récemment adopté et bien utile : Ms – exactement ce qu'il fallait à mes pareilles, tout le monde fut de cet avis.

La réaction à cette prudente révélation fut encourageante. Des gens que je n'avais pas vus depuis des années m'écrivirent pour me souhaiter bonne chance. Les rédacteurs en chef me demandèrent poliment sous quelle identité je souhaitais maintenant être publiée, et un fonctionnaire courtois, qui vint tout exprès à Trefan pour me remettre ma nouvelle carte d'assurances, m'expliqua en s'excusant que la question de ma retraite devrait être réglée le plus tôt possible (en effet, les femmes prennent leur retraite à un âge moins avancé que les hommes, et je suppose qu'il pensait que je pourrais changer encore et revenir en arrière). A mesure que ma confiance grandissait, je mettais au point de nouvelles techniques pour faire face aux complexes exigences sociales qui maintenant pesaient sur moi : quand il fallait tout révéler, quand il fallait laisser faire, comment découvrir ce que les gens savaient déjà, quel était le meilleur moment pour mettre au courant une ancienne relation qui, aperçue parmi un océan de têtes lors d'un cocktail littéraire, hésitait visiblement à croire que c'était bien moi, se demandant s'il ne s'agissait pas d'une hallucination due au Martini. Mon nouveau nom, bien qu'il me convînt parfaitement, était parfois en lui-même ambigu. « Je croyais que Jan Morris était un homme, me dit un jour un jovial Australien à un déjeuner du *Spectator*. Que s'est-il passé? Vous avez changé de sexe ou quoi? – C'est exactement ça », répliquai-je. Posez une sotte question et vous obtenez une niaise réponse.

Peu à peu, de cette façon, ma zone de libre

mouvement s'élargit. Parmi nos centaines de relations, seul un originaire bon teint du Yorkshire me fit comprendre que ma présence chez lui serait gênante, et vice versa. Je fus reçue avec curiosité par beaucoup de gens, avec amusement par certains, avec nonchalance par les professeurs d'Oxford et les aristocrates, avec une incompréhension bienveillante par les militaires et les vieilles dames, avec gravité par ceux qui voulaient prouver qu'ils étaient larges d'esprit, avec enthousiasme par ceux qui appréciaient d'avoir le prodige du jour à leur table, avec de gros baisers par les extravertis, avec une timide circonspection par les gens qui voulaient me confier, à l'heure du café, leurs propres petits problèmes de personnalité. Finalement, pour couronner cette réincarnation sociale, je fus invitée à dîner, du côté des dames, dans la salle à manger du Club des Voyageurs, l'une des salles à manger que je préfère à Londres, qui est située, avec ses lustres et ses portraits, parallèlement à Pall Mall, et illuminée, les jours de cérémonies officielles, par six lampadaires à gaz qui élèvent à l'extérieur leur grande lueur frémissante. C'était pour moi, à tous égards, une curieuse expérience et, j'ose le dire, une expérience unique dans l'histoire des clubs de Londres.

Ce fut une heureuse soirée. Mon hôte était un vieil ami, le vin était meilleur que celui que je commandais moi-même et le personnel du club, qui m'avait connu longtemps sous un autre aspect, m'accueillit sans sourciller – seul le sommelier trahit, par une faible lueur dans son œil à la paupière lourde tandis qu'il me reversait du vin, un rien de connivence amusée. J'avais toujours admiré le clubman londonien qui se vantait d'avoir éprouvé tous les plaisirs que peut connaître l'espèce humaine, hormis les joies de l'enfantement, mais je ne pus m'empêcher de penser, quand nous en arrivâmes aux figues fraîches à la crème, mon dessert préféré dans cette salle à manger durant tant d'années de masculinité, que je l'avais battu à son jeu.

Rares étaient ceux qui comprenaient. Je ne m'attendais pas à les voir comprendre la cause puisque c'était un mystère même pour moi, mais j'avais supposé que plus de gens pourraient comprendre ma motivation. J'avais présumé que ce pouvait être une aspiration commune à tous les hommes et, bien que mes amis des deux sexes le nient avec véhémence, il me semble encore que c'est une simple question de bon sens de souhaiter être une femme plutôt qu'un homme – ou sinon de bon sens, du moins de bon goût.

Les personnes qui acceptaient le plus facilement cette théorie étaient pour la plupart des femmes. Parfois, paradoxalement, c'était parce qu'elles avaient elles-mêmes autrefois souhaité être des hommes – tendance d'ailleurs assez commune lorsqu'elle ne dépasse pas le niveau du dilettantisme. Plus souvent, c'était parce que, ayant été satisfaites de leur genre, sans problèmes, elles reconnaissaient le bien-fondé de mes aspirations. Il leur semblait odieux d'être condamné à la condition masculine et elles comprenaient que cela m'ait été odieux. Chez d'autres, et c'étaient celles en la compagnie desquelles je me sentais le mieux, j'avais trouvé non seulement de la compréhension mais un véritable accueil au sein du monde des femmes.

D'un autre côté, beaucoup d'hommes, et des femmes moins bien intégrées, se déclaraient stupéfaits. « C'est très étrange », fut l'observation type que suscita le premier brouillon de ce manuscrit; « on est déconcerté »; « comment cela est-il possible? » C'était généralement parce que les gens avaient lu mon histoire comme une parabole sexuelle, y avaient cherché des réflexions ou des explications de leurs propres préférences sexuelles et n'avaient trouvé, là où ils espéraient du sperme, des orgasmes et des érections, que des grenouilles dans les prairies d'Oxford ou du jasmin égyptien. Mes lecteurs s'attendaient à de la libido, mais bien que ma vie ait été une vie de désir, le désir charnel n'y a occupé que la moindre place et n'a pas été le fil conducteur de ce récit.

Parfois, surtout chez les hommes de l'espèce la plus fruste, j'ai perçu un élément de ressentiment dans ce blocage. C'était presque comme si je les avais trahis. Plus souvent cependant, chez les femmes aussi bien que chez les hommes, j'ai décelé de l'envie. Ils supposaient à tort que j'avais choisi ma voie. Ils pensaient que j'avais été doublement libre. Ils me citaient W. E. Henley :

Je suis maître de mon destin
Mon âme est à mes ordres

alors qu'ils auraient dû citer Cecil Day Lewis :

Dis-leur en Angleterre, s'ils le demandent,
Que ce qui nous attire vers ces guerres,
Vers ce plateau, sous le voile mortuaire
De la nuit fourmillante d'étoiles,

Ce n'est ni la tromperie, ni la sottise,
Ni la gloriole, ni la vengeance, ni l'esprit de lucre.
Nous vînmes car nos yeux grands ouverts
Ne voyaient pas d'autre voie possible.

On me demande souvent si j'ai des regrets et je réponds gaiement que non, que tout ce que je regrette c'est d'avoir perdu un peu du plaisir que j'avais autrefois à boire du vin, et que j'aimerais pouvoir encore consulter l'indicateur des chemins de fer au Club des Voyageurs. Mais en réalité, j'ai des regrets. Je regrette le trouble que j'ai pu causer à d'autres. Je regrette le temps perdu. Parfois je regrette ma virilité quand il s'agit de mener à bien un travail difficile ou de me faire écouter. Je regrette la nécessité de tout cela, exactement comme je regrette les années de plénitude qui auraient pu être les miennes en tant qu'homme ou que femme, et qui sont irrémédiablement perdues.

Mais je ne regrette pas un instant l'acte du changement de sexe. Je ne voyais rien d'autre à faire et cela m'a rendue heureuse. En ce sens, j'ai été l'une des rares personnes comblées par la chance. Il existe toutes sortes de gens qui se sont engagés sur la même voie et qui, dans l'ensemble, sont aujourd'hui parmi les plus malheureux à la surface de la terre. Depuis que je suis allée à Casablanca, j'en ai rencontré quelques-uns et j'ai correspondu avec bien d'autres. Certains sont passés par la chirurgie, d'autres souhaitent ardemment en venir là et toute complication due à l'instinct sexuel, tout désordre dû à quelque névrose sociale joue son rôle dans leurs angoisses. Je connais un maître de conférences dans une université, né mâle, qui entreprit l'opération sans traitement préliminaire aux hormones parce qu'il souhaitait vivre comme une lesbienne. Je connais un fonctionnaire distingué et d'une culture raffinée, qui approche maintenant de la soixantaine, dont la vie a été gâchée par une amère jalousie de la condition féminine : son assurance a été détruite par un terrible traitement de dissuasion, son physique athlétique transformé par les hormones, son mariage rompu, il a abandonné sa carrière. Je connais une femme cultivée, transformée en homme, si terrifiée par son nouveau rôle qu'elle a abandonné son foyer, sa famille, tout, et s'est enfermée, solitaire, dans une petite ville écartée. Et ceux-là sont des gens intelligents et capables. Je ne parle pas de tous les pauvres rebuts de l'intersexualité, des homosexuels fourvoyés, des travestis, des exhibitionnistes psychotiques, qui se précipitent dans ce demi-monde comme des clowns peinturlurés, pitoyables aux yeux des autres et qui, souvent, ont horreur d'eux-mêmes.

Le sexe aussi a ses raisons, mais je suis tentée de croire que les seuls transsexuels qui peuvent réellement trouver le bonheur sont ceux de l'espèce classique, ceux qui toute leur vie se sentent des énigmes, ceux dont le dilemme n'est pas principalement sexuel, qui ne trouvent pas de but rationnel à leurs impulsions mais sont simplement poussés, aveugles et sans défense, vers la table d'opération. De tous nos compagnons et compagnes d'infortune, nous sommes les plus résolus. Rien ne nous arrête, ni la crainte du ridicule, ni celle de la pauvreté, ni la menace de l'isolement, pas même la perspective de la mort. Durant mes années de torture, j'ai en général trouvé plus sûr (car je ne souhaitais pas risquer ma santé d'esprit plus qu'il n'était nécessaire) d'aborder mon problème existentiellement, et de supposer qu'il allait de soi, qu'il était *sans* cause, *sans* signification. C'est seulement en écrivant ce livre que j'ai creusé aussi profond dans mes propres émotions. Pourtant, rien de ce que j'ai découvert n'a ébranlé ma conviction et, si j'étais emprisonnée de nouveau dans cette cage, rien ne me détournerait de mon but, si effrayantes que soient ses perspectives d'avenir, si désespéré que soit l'enjeu. Je fouillerais toute la terre pour trouver des chirurgiens, j'achèterais des barbiers ou des avorteurs, je prendrais un couteau et je le ferais moi-même, sans crainte, sans dégoût, sans une arrière-pensée.

19

La condition humaine - spéculations - encore sous le piano

Des images du monde magique abondent dans ce livre, magiciens et sorcières, miracles et immaculée conception. J'ai interprété mon voyage, dès le début, comme une quête, sacramentelle ou visionnaire et, rétrospectivement, cette quête a pris pour moi une qualité épique; son objectif s'est maintenu, inébranlable; sa conclusion était inévitable.

J'ai pleinement conscience, cependant, que mon histoire paraîtra aux autres très différente, moins héroïque que bizarre, et son personnage central moins inspiré qu'à demi délirant. Pour moi, il y a une énigme à la racine de mon dilemme et je me contente de la laisser telle quelle. D'autres peuvent souhaiter un diagnostic plus précis et préféreraient me voir m'acharner encore à résoudre le problème, à poursuivre ses échos au fond des corridors à boiseries des psychiatres ou à chercher son ombre dans les dédales des sciences sociales. Certaines de mes relations me traitent comme une table d'harmonie pour leurs propres névroses, de même que beaucoup de lecteurs voudront sans doute lire ce livre dans l'espoir d'y trouver un éclairage indirect de leurs propres confusions mentales.

J'ai essayé une première fois de l'écrire il y a quelque années, lors d'un voyage en Russie et, quand je quittai ce pays pour la Finlande, le douanier de Leningrad, en fouillant mes bagages, trouva le manuscrit. Il le regarda d'abord d'un air soupçonneux mais, après avoir lu quelques phrases, il opina de la tête avec gravité. « Ah, dit-il, je vois, un roman psychologique » et, le remettant dans ma valise, il me fit respectueusement signe de franchir la barrière. Beaucoup de gens croient que ce qui m'est arrivé représente plus qu'une situation exceptionnelle mais, d'une certaine manière, illustre la *condition humaine*, comme un récit de Dostoïevski. Il se peut qu'il en soit ainsi.

Évidemment, certains de mes conflits ont été des conflits universels. Parmi eux, il y avait, par exemple, la lutte pour la libre disposition de soi : jusqu'à quel point un être humain a-t-il le droit de choisir sa propre identité? J'ai eu un léger frisson quand l'homme du ministère, en me remettant ma nouvelle carte de sécurité sociale, m'a montré mon dossier ficelé et scellé à la cire, prêt à être envoyé au bureau national de Newcastle. « Personne, dit-il, ne peut être autorisé à regarder dans ce dossier sans permission spéciale », mais je notai qu'il ne m'invitait pas non plus à voir ce qu'il y avait à l'intérieur. J'ai parfois le sentiment d'avoir apporté ma modeste contribution à la cause de la liberté en changeant de personnalité dans la clinique d'un boulevard marocain. Mais, à d'autres moments, l'idée me vient qu'un jour l'homme du ministère, faisant état de tels précédents, pourrait trouver qu'il a le droit de choisir pour nous notre identité et sceller dans ce dossier non pas simplement une carte périmée, mais nous-mêmes.

Et puis je me demande encore si, en refusant d'accorder au sexe physique une suprême importance dans ma vie (car telle doit être, naturellement, l'une des morales de mon épopée), je ne suis pas en avance sur mon temps. Je remarque qu'un changement de sexe surprend et trouble les gens d'un certain âge bien plus que les jeunes, et je me demande si cela ne signifie pas que le sexe a dépassé son apogée. Il a depuis longtemps perdu le caractère sacré qu'il avait du temps de nos grands-mères. Dégradé par la publicité, dévalorisé par la tolérance, désamorcé par la psychiatrie postfreudienne, rendu inutile par l'insémination artificielle, il est déjà devenu quelque chose qui ne dépend pas de l'âme mais de la mécanique. L'hymen a perdu son mystère. Les bébés peuvent être évités par la contraception et l'on avorte à volonté. Garçons et filles se livrent à la promiscuité, ne revenant à leurs rôles sexuels traditionnels, semble-t-il, que quand ils en éprouvent le besoin. Les rapports sexuels resteront toujours un plaisir, naturellement, mais je soupçonne qu'ils deviendront un plaisir purement fonctionnel, comme de manger ou de boire. Et je ne suis pas la première à découvrir que l'une des recettes d'un mariage idyllique est un mélange d'affection, de puissance physique et de disconvenance sexuelle.

Il en est autrement pour le genre. Je prévois le jour où les savants pourront créer un système de reproduction au choix, tel que les parents, ou plus probablement les gouvernements pourront décréter le sexe de toute personne et organiser l'équilibre sexuel de la société. Il sera plus difficile de systématiser les genres. Le genre est une entité plus nébuleuse, quelle que soit la conception que vous en avez. Il vit dans les creux sombres de l'être. Il ne peut être traité à l'ordinateur ou classé. Il transcende le corps comme il défie l'éprouvette, et pourtant la conscience que nous en avons peut être si puissante qu'elle peut s'imposer à quelqu'un comme moi et le diriger sans relâche et sans erreur durant tous les stades de la vie.

Je l'ai conféré avec l'idée médiévale d'âme, mais je suis prête à convenir que le sentiment d'appartenir à un genre peut être en partie acquis, comme disent les psychologues, ou du moins puissamment influencé par l'état de la société. Mon conflit intérieur aurait-il été aussi douloureux si j'étais né actuellement, alors que la ligne de partage des genres est beaucoup moins rigide? Si la société m'avait permis de vivre au genre que je préférais, me serais-je tant démenée pour changer de sexe? Mon cas est-il un simple phénomène de transition entre le dogmatisme du siècle dernier, où les hommes étaient des hommes et les femmes des dames, et l'éclectisme du suivant où les citoyens seront libres de vivre dans le rôle du genre qu'ils préféreront? Les gens liront-ils dans cent ans l'histoire de notre pèlerinage à Casablanca comme nous lisons aujourd'hui des récits sur la recherche de la pierre philosophale ou sur la vie de Siméon Stylite au sommet de sa colonne?

Je l'espère. Car pour un transsexuel recevant cette récompense qui consiste à conquérir son identité, dix, cent peut-être, découvrent que toute l'expérience n'est finalement qu'un mirage et que leur second marasme est à peine moins terrible que le premier.

Cependant, je ne le pense pas, car je crois que la motivation du transsexuel, du moins telle que je l'ai éprouvée, est bien plus qu'une pulsion sociale : une puissante incitation d'ordre biologique, imaginatif et essentiellement spirituel. Sur le plan physique, j'ai pour ma part conquis, dans la mesure où c'était humainement possible, l'identité que je désirais désespérément. Distillée à partir des fantaisies sacramentelles de mon imagination enfantine, la conviction m'est venue que l'approximation la plus voisine de la perfection à laquelle peut prétendre l'humanité se trouve en la personne de la femme accomplie – et plus particulièrement peut-être en la personne de la femme bonne, intelligente et saine qui, ayant dépassé la ménopause, n'est plus ligotée par les mécanismes sexuels, mais est encore capable de création sous d'autres formes, encore capable d'amour et de sensualité, gracieuse dans sa conduite, qui est au-delà de l'ambition mais garde intacte sa capacité aux aspirations. Dans tous les pays, toutes les races, de telles femmes sont, dans l'ensemble, les personnes que j'admire le plus. Et c'est dans leurs rangs, je m'en flatte, même si c'est au dernier rang, même si c'est seulement sur le flanc de la cohorte, que je me suis fait admettre.

Mais si mon sentiment d'isolement a disparu, mon sentiment d'être différente demeure, et cela est inévitable. Si habile que soit le docteur B., si pleine de sollicitude que soit l'administration de la Santé et de la Sécurité sociale, je ne serai jamais comme les autres. Mon passé m'accompagne, et ce n'est pas fini. Car tout au long de mon voyage sur cette terre, il y a toujours eu en moi cette trace de mysticisme, de folie, si vous voulez, et l'unité que je recherchais, je le sais maintenant, était plus qu'une unité de sexe et de genre et tendait vers la lointaine vision qu'Henry me proposait : « Un idéal plus élevé, qui serait de n'être ni homme ni femme. »

Ainsi, je ne regrette pas que mon ambiguïté persiste. J'ai vécu la vie d'un homme, je vis maintenant la vie d'une femme et peut-être qu'un jour je transcenderai les deux – sinon dans ma personne, peut-être dans mon art, sinon en ce monde, peut-être ailleurs. Il n'existe ni norme, ni critère, ni peut-être d'explication. Qu'importe que je reste un personnage équivoque? Je pense à l'homme qui touchait les portes à Kampour, cuirassé dans son étrangeté; je pense aux hérons que je braconnais sur la rivière à Trefan, si solitaires, si anguleux, si autonomes; je me souviens des phacochères du Kenya : « magnifiques les uns aux yeux des autres »; et songeant à la persistance de mes amours, encore stupéfiée devant l'universelle sensualité de la vie, j'en viens à la conclusion qu'il n'est personne au monde que je voudrais être plutôt que d'être moi. « Aujourd'hui, selon un dicton californien que j'admire, aujourd'hui est le premier jour de ce qu'il vous reste de vie! »

Pourtant, je sais que tout cela est en partie illusoire et parfois, si je prends du recul et me regarde sans passion, comme je me suis regardé cette fameuse nuit à Casablanca, si je considère mon histoire avec détachement, il me semble que je suis un personnage de fable ou d'allégorie. Cela me rappelle le chasseur africain et la salle interdite et je me vois, non comme un homme ou une femme, comme moi-même ou un autre, comme un fragment ou un tout, mais simplement comme l'enfant étonné blotti avec un chat sous le piano Blüthner – lequel est maintenant à moi, soit dit en passant, mais qui, d'un bout de l'année à l'autre, ne joue pas une mesure de Sibélius, aucun de nous n'étant assez bon musicien pour s'attaquer à un tel maître.

6 octobre 1973.

ÉPILOGUE

Dix ans se sont écoulés depuis que L'énigme *a été publié pour la première fois et je suis heureux de pouvoir dire qu'Élisabeth, mes enfants et moi avons continué depuis lors à mener une vie sans nuages. Sa parution, bien entendu, créa un certain tapage, et le livre, touchant un public de plus en plus vaste, fut vendu dans le monde entier sous divers titres –* Conundrum *en suédois et en allemand,* Enigma *en espagnol et en italien,* Conundrum ou Enigme *en portugais, et un titre d'une grande beauté en japonais. Des milliers de lettres affluèrent, les invitations à des émissions télévisées se multiplièrent, des gens que je connaissais à peine m'invitaient à dîner et je ne pouvais plus compter les propositions que je recevais pour vendre les droits cinématographiques, que je rejetais toutes après moult tergiversations. La moitié d'une vie laborieuse tout entière consacrée au travail avait fait beaucoup moins pour ma réputation qu'un simple changement de sexe!*

Dans l'ensemble, les réactions furent bienveillan-

tes. J'eus la chance que cette affaire fût révélée dans ce que l'on appelle maintenant avec un certain mépris l'« ère de la permissivité », mais qui ne m'en apparaît pas moins, en dépit de tous les excès, comme une époque de joyeuse libération dans tout le monde occidental – une libération, de toute évidence, des inhibitions sexuelles, mais aussi des innombrables présomptions et tabous. Ma propre évolution est jusqu'à un certain point le reflet de presque tous les mouvements progressistes qui connurent alors un renouveau, du pacifisme à un anarchisme bon enfant, d'un souci plus compréhensif des droits des animaux à un intérêt plus profond pour le symbolisme de la nature. J'ai vu dans mon étrange aventure une sorte de quête mythique ou mystique d'une réconciliation universelle et à l'époque nombre de gens furent d'accord avec moi sur ce point.

Par la suite la situation se durcit. Les love people *devinrent en vieillissant des hommes d'affaires, Reagan succéda à Carter, le thatchérisme prit son essor et la tolérance passa de mode. Mais, de toute façon, j'avais cessé alors d'être sous les feux de la rampe. Il est vrai qu'à l'occasion, actuellement encore, un critique rendant compte de mon nouveau livre sur le Pays de Galles ou sur l'architecture anglo-indienne se croit obligé de faire intervenir ce que j'en suis venu à considérer comme le « facteur énigme », et un érudit éminent de Londres alla même jusqu'à attribuer mon point de vue sur la monarchie (je suis un républicain de toujours) à mes particularités sexuelles. Je suis bien persuadé que lorsque je quitterai ce monde, l'événement sera salué par un titre discret en dernière page :* MORT D'UN ÉCRIVAIN TRANSSEXUEL.

Mais qu'importe? Pour chaque ennemi que m'a valu L'énigme, *il m'a valu un millier d'amis. Dans le monde entier, où que m'amènent mes voyages, je me suis trouvée grâce à lui parmi des camarades; non pas la petite bande bien particulière de camarades dont je parle dans ma préface, mais des compagnons venus d'un plus vaste horizon, qui voient dans mon histoire des métaphores allant bien au-delà d'un simple changement physique ou d'une bizarrerie psychologique. J'ai l'impression, en réalité, que le besoin irrésistible et spécifique de changer de sexe est moins courant maintenant qu'il ne l'était en 1974; la lente interférence des genres a peut-être diminué et les homosexuels en tout cas ne sont plus contraints à cette recherche confuse et douloureuse d'une échappatoire physique. Au cours des dernières années, on m'a rarement demandé l'adresse du docteur B. à Casablanca; de plus en plus, mes correspondants reconnaissent que ce livre, en vérité, ne traite pas de la sexualité.*

Quant à moi, je poursuis mon errance. Mes attachements demeurent les mêmes : j'aime ma famille, mon travail, un ami ou deux, mes chats et mes livres, ma maison entre les montagnes et la mer, la présence du Pays de Galles tout autour de moi. Et ai-je découvert, êtes-vous peut-être tenté de demander, le but véritable de mon pèlerinage, la solution ultime de cette Énigme? Parfois, au bord de la rivière, il me semble presque y être parvenue; mais voilà que la lumière change, le vent tourne, un nuage voile le soleil, et une fois de plus la signification de tout cela m'échappe à nouveau.

Traduit de l'anglais par Janine Hérisson.

Introduction 7

Remerciements 9

1. *Sous le piano – au-dessus de la mer – transsexualité – mon dilemme* 11
2. *Vivre un mensonge – le nid d'oiseaux chanteurs – Oxford – une petite bosse – dans la cathédrale – rire* 23
3. *Le sexe et mon dilemme – dans le fenil – le genre et le grand Bolsover* 39
4. *L'accueil du colonel – la vie militaire – un imposteur au mess – Otto – les non-personnes* 48
5. *Identité – en guise de précédents – le Dr Benjamin – modifier le corps!* 68
6. *« Zéro! »* 88
7. *Sauvé – un grand amour – des objets d'art – le rossignol* 94
8. *Trois employeurs – « Quiconque vient du* Guardian *» – une demi-colonne dans le* Times *– chez les Égyptiens – horreur de moi-même* 109
9. *L'Everest – la splendeur virile – le rythme viril – un saint homme* 126

10. *Des traces de paranoïa – un monde mauvais – pas de place pour moi* 141
11. *Satisfaire mes sens – volupté à Venise – apaisement en Afrique – sublimations* 149
12. *Changer de sexe – effets des hormones – un état précaire – protection de soi – les règles à suivre* 162
13. *De nouveau Oxford – logistique – Jan – « Entrez donc! »* 183
14. *Où il est question de chirurgie* 196
15. *Trefan – le dernier été – sur le caractère gallois – vers le pays du magicien* 201
16. *Casablanca – à la clinique – une pensée bouleversante – devenue normale – les camarades – de l'Afrique part un être nouveau* 212
17. *Pour le plaisir? – les manières qui conviennent – façons de voir la vie – sensations féminines – j'oublie* 228
18. *Encore des problèmes – une sotte question... – « on est déconcerté » – des regrets?* 254
19. *La condition humaine – spéculations – encore sous le piano* 266

Épilogue 275

COLLECTION FOLIO

Dernières parutions :

1968.	Henry Murger	*Scènes de la vie de bohème.*
1969.	Jean Anouilh	*La vicomtesse d'Eristal n'a pas reçu son balai mécanique.*
1970.	Frédérick Tristan	*Le fils de Babel.*
1971.	Sempé	*Des hauts et des bas.*
1972.	Daniel Pennac	*Au bonheur des ogres.*
1973.	Jean-Louis Bory	*Un prix d'excellence.*
1974.	Daniel Boulanger	*Le chemin des caracoles.*
1975.	Pierre Moustiers	*Un aristocrate à la lanterne.*
1976.	J. P. Donleavy	*Un conte de fées new-yorkais.*
1977.	Carlos Fuentes	*Une certaine parenté.*
1978.	Seishi Yokomizo	*La hache, le koto et le chrysanthème.*
1979.	Dashiell Hammett	*La moisson rouge.*
1980.	John D. MacDonald	*Strip-lit.*
1981.	Tahar Ben Jelloun	*Harrouda.*
1982.	Pierre Loti	*Pêcheur d'Islande.*
1983.	Maurice Barrès	*Les Déracinés.*
1984.	Nicolas Brehal	*La pâleur du sang.*
1985.	Annick Geille	*La voyageuse du soir.*
1986.	Pierre Magnan	*Les courriers de la mort.*
1987.	François Weyergans	*La vie d'un bébé.*
1988.	Lawrence Durrell	*Monsieur ou Le Prince des Ténèbres.*
1989.	Iris Murdoch	*Une tête coupée.*
1990.	Junichirô Tanizaki	*Svastika.*
1991.	Raymond Chandler	*Adieu, ma jolie.*
1992.	J.-P. Manchette	*Que d'os!*

1993. Sempé — *Un léger décalage.*
1994. Alfred de Musset — *Théâtre choisi.*
1995. Jacques Laurent — *Le dormeur debout.*
1996. Diane de Margerie — *Le ressouvenir.*
1997. Jean Dutourd — *Une tête de chien.*
1998. Rachid Boudjedra — *Les 1001 années de la nostalgie.*
1999. Jorge Semprun — *La montagne blanche.*
2000. J.M.G. Le Clézio — *Le chercheur d'or.*
2001. Reiser — *Vive les femmes !*
2002. F. Scott Fitzgerald — *Le dernier nabab.*
2003. Jerome Charyn — *Marilyn la Dingue.*
2004. Chester Himes — *Dare-dare.*
2005. Marcel Proust — *Le Côté de Guermantes* I.
2006. Marcel Proust — *Le Côté de Guermantes* II.
2007. Karen Blixen — *Le dîner de Babette.*
2009. Marguerite Duras — *Le Navire Night.*
2010. Annie Ernaux — *Ce qu'ils disent ou rien.*
2011. José Giovanni — *Le deuxième souffle.*
2012. Jan Morris — *L'énigme (D'un sexe à l'autre).*
2013. Philippe Sollers — *Le Cœur Absolu.*
2014. Jacques Testart — *Simon l'embaumeur (ou La solitude du magicien).*
2015. Raymond Chandler — *La grande fenêtre.*
2016. Tito Topin — *55 de fièvre.*
2017. Kafka — *La métamorphose* et autres récits.
2018. Pierre Assouline — *L'homme de l'art (D.-H. Kahnweiler, 1884-1979).*
2019. Pascal Bruckner — *Allez jouer ailleurs.*
2020. Bourbon Busset — *Lettre à Laurence.*
2021. Gabriel Matzneff — *Cette camisole de flammes. (Journal 1953-1962).*
2022. Yukio Mishima — *Neige de printemps. (La mer de la fertilité, I).*
2023. Iris Murdoch — *Pâques sanglantes.*
2024. Thérèse de Saint Phalle — *Le métronome.*
2025. Jerome Charyn — *Zyeux-Bleus.*
2026. Pascal Lainé — *Trois petits meurtres... et puis s'en va.*

2027.	Voltaire	*Dictionnaire philosophique.*
2028.	Richard Bohringer	*C'est beau une ville la nuit.*
2029.	Patrick Besson	*Ah! Berlin* et autres récits.
2030.	Alain Bosquet	*Un homme pour un autre.*
2031.	Jeanne Bourin	*Les amours blessées.*
2032.	Alejo Carpentier	*Guerre du temps* et autres nouvelles.
2033.	Frédéric H. Fajardie	*Clause de style.*
2034.	Albert Memmi	*Le désert (ou La vie et les aventures de Jubaïr Ouali El-Mammi).*
2035.	Mario Vargas Loasa	*Qui a tué Palomino Molero?*
2036.	Jim Thompson	*Le démon dans ma peau.*
2037.	Gogol	*Les soirées du hameau.*
2038.	Michel Déon	*La montée du soir.*
2039.	Remo Forlani	*Quand les petites filles s'appelaient Sarah.*
2040.	Richard Jorif	*Le Navire Argo.*
2041.	Yachar Kemal	*Meurtre au marché des forgerons (Les seigneurs de l'Aktchasaz, I).*
2042.	Patrick Modiano	*Dimanches d'août.*
2043.	Daniel Pennac	*La fée carabine.*
2044.	Richard Wright	*Fishbelly.*
2045.	Pierre Siniac	*L'unijambiste de la cote 284.*
2046.	Ismaïl Kadaré	*Le crépuscule des dieux de la steppe.*
2047.	Marcel Proust	*Sodome et Gomorrhe.*
2048.	Edgar Poe	*Ne pariez jamais votre tête au diable.*
2049.	Rachid Boudjedra	*Le vainqueur de coupe.*
2050.	Willa Cather	*Pionniers.*
2051.	Marguerite Duras	*Eden cinéma.*
2052.	Jean-Pierre Enard	*Contes à faire rougir les petits chaperons.*
2053.	Carlos Fuentes	*Terra Nostra.*
2054.	Françoise Sagan	*Un sang d'aquarelle.*
2055.	Sempé	*Face à face.*
2056.	Raymond Chandler	*Le jade du mandarin.*
2057.	Robert Merle	*Les hommes protégés.*

2058.	Pierre Loti	*Aziyadé.*
2059.	François Salvaing	*Misayre! Misayre!*
2060.	André Pieyre de Mandiargues	*Tout disparaîtra.*
2061.	Joseph Conrad	*Fortune.*
2062.	Jean Diwo	*Le lit d'acajou (Les Dames du Faubourg, II).*
2063.	Pascal Lainé	*Plutôt deux fois qu'une.*
2064.	Félicien Marceau	*Les passions partagées.*
2065.	Marie Nimier	*La girafe.*
2066.	Anne Philipe	*Je l'écoute respirer.*
2067.	Reiser	*Fous d'amour.*
2068.	Albert Simonin	*Touchez pas au grisbi.*
2069.	Muriel Spark	*Intentions suspectes.*
2070.	Emile Zola	*Une page d'amour.*
2071.	Nicolas Bréhal	*Le souffle coupé.*
2072.	Driss Chraïbi	*Les Boucs.*
2073.	Sylvie Germain	*Nuit d'ambre.*
2074.	Jack-Alain Léger	*Un ciel si fragile.*
2075.	Angelo Rinaldi	*Les roses de Pline.*
2076.	Richard Wright	*Huit hommes.*
2077.	Milan Kundera	*L'insoutenable légèreté de l'être.*
2078.	Robin Cook	*On ne meurt que deux fois.*
2079.	Marie Seurat	*Les corbeaux d'Alep.*
2080.	Anatole France	*Les Dieux ont soif.*
2081.	J. A. Baker	*Le Pèlerin.*
2082.	James Baldwin	*Un autre pays.*
2083.	Jean Dutourd	*2024.*
2084.	Romain Gary	*Les clowns lyriques.*
2085.	Alain Nadaud	*Archéologie du zéro.*
2086.	Gilles Perrault	*Le dérapage.*
2087.	Jacques Prévert	*Soleil de nuit.*
2088.	Sempé	*Comme par hasard.*
2089.	Marcel Proust	*La prisonnière.*
2090.	Georges Conchon	*Colette Stern.*
2091.	Sébastien Japrisot	*Visages de l'amour et de la haine.*
2092.	Joseph Kessel	*La règle de l'homme.*
2093.	Iris Murdoch	*Le rêve de Bruno.*
2094.	Catherine Paysan	*Le nègre de Sables.*
2095.	Dominique Roulet	*Le crime d'Antoine.*

2096.	Henri Vincenot	*Le maître des abeilles (Chronique de Montfranc-le-Haut).*
2097.	David Goodis	*Vendredi 13.*
2098.	Anatole France	*La Rôtisserie de la Reine Pédauque.*
2099.	Maurice Denuzière	*Les Trois-Chênes.*
2100.	Maurice Denuzière	*L'adieu au Sud.*
2101.	Maurice Denuzière	*Les années Louisiane.*
2102.	D. H. Lawrence	*Femmes amoureuses.*
2103.	XXX	*Déclaration universelle des droits de l'homme.*
2104.	Euripide	*Tragédies complètes,* tome I.
2105.	Euripide	*Tragédies complètes,* tome II.
2106.	Dickens	*Un conte de deux villes.*
2107.	James Morris	*Visa pour Venise.*
2108.	Daniel Boulanger	*La dame de cœur.*
2109.	Pierre Jean Jouve	*Vagadu.*
2110.	François-Olivier Rousseau	*Sébastien Doré.*
2111.	Roger Nimier	*D'Artagnan amoureux.*

Impression Brodard et Taupin
à La Flèche (Sarthe),
le 23 janvier 1989.
Dépôt légal : janvier 1989.
Numéro d'imprimeur : 6005A-5.
ISBN 2-07-038100-5 / Imprimé en France.

45308